Anders als in Charles Baudelaires ›Die Blumen des Bösen‹ reimt sich in Robert Gernhardts ›Die Blusen des Böhmen‹ kein Wort aufs andere, und doch paßt alles zusammen: Das 1977 erstmals erschienene Buch mit mehr als hundert Bildergeschichten und Fotoromanen, Karikaturen und Kurzgeschichten, Kriminalstories und Märchen durchmißt das weite Rund der Komik, die das Leben schreibt, und läßt kaum einen Sachverhalt ungeschoren, kaum etwas unberührt. Berichtet wird unter anderem davon, wie die Lektüre des Otto-Katalogs das Leben des »Erleichterungstrinkers« Ralf von Grund auf verändert, vom lieben Gott, der über die Erde wandelt und einen richtig netten Abend beim reichen Mann verbringt, über Ehen im Sturm oder die »sensationelle Super-Sauerei«. Ob Fußball oder Wetterbericht, Pornogroßhandel oder Weihnachten, Erster Weltkrieg oder Belsazars Tod – kein Thema ist schrecklich genug, als daß ihm Robert Gernhardt nicht eine komische Seite abgewinnen könnte – meist eine schrecklich komische.

*Robert Gernhardt,* 1937 geboren in Reval/Estland, studierte Malerei und Germanistik in Stuttgart und Berlin. Er lebt als Schriftsteller, Maler, Zeichner und Karikaturist in Frankfurt am Main. Als Fischer Taschenbuch sind von Robert Gernhardt außerdem erschienen: die Gedichtbände ›Wörtersee‹ (Bd. 13226) und ›Besternte Ernte‹ (mit F. W. Bernstein, Bd. 13229), das Lese- und Bilderbuch ›Über alles‹ (Bd. 12985) sowie ›Die Wahrheit über Arnold Hau‹ (mit F. W. Bernstein und F. K. Waechter, Bd. 13230).

Robert Gernhardt

# *Die Blusen des Böhmen*

Geschichten, Bilder,
Geschichten in Bildern
und Bilder aus der Geschichte

Fischer Taschenbuch Verlag

Veröffentlicht im Fischer Taschenbuch Verlag GmbH,
Frankfurt am Main, April 1997

Lizenzausgabe mit freundlicher Genehmigung
von Zweitausendeins, Frankfurt am Main

Gesamtherstellung: Clausen & Bosse, Leck
Printed in Germany
ISBN-3-596-13228-2

*Gedruckt auf chlor- und säurefreiem Papier*

*Inhalt*

…Du sorgst für Wohlgeruch und für den Wasserkrug
Und hältst dem Bette fern der giftigen Mücken Flug,
Und wenn im Morgenwinde singen die Platanen,
Gehst du zum Markt nach Ananassen und Bananen…

*Charles Baudelaire,*
*›Auf dein Mädchen in Malabar‹,*
*übersetzt von Carlo Schmid*

Als der nachmalige Kaiser Napoleon noch nicht der drahtige kleine Korse, sondern ein schnauzbärtiger Lausbub war, drohte ihm seine Angewohnheit, in fremde Papierkörbe zu treten, zum Verhängnis zu werden. Denn wo er auch war, stets stiefelte er zuerst in den Papierkorb, und schließlich stand bei allen gebildeten Franzosen fest: »Soo bringt der es nie bis zum Kaiser!«
Da beschloß seine Mutter, Madame Napoleon, ihrem Sohn in Zusammenarbeit mit der Marineleitung einen Streich zu spielen, der ihn von seiner Unsitte heilen sollte. Jedoch der Streich mißlang, und als Napoleon, nun doch Kaiser geworden, der unvergessenen Königin Luise gegenübertrat, marschierte er als erstes in ihren Papierkorb, worauf die Königin aus ihrem Wandschrank trat und ihrer Wache zurief: »Ich möchte nicht wissen, wohin wir kämen, wenn das jeder machen wollte!«
Das nahmen sich die Wachen sehr zu Herzen, sie machten in Zukunft stets einen großen Bogen um alle Papierkörbe.

Napoleon aber starb hochberühmt und steinalt auf St. Helena, einer wunderschönen Kokotte, die das St. eigens deshalb vor ihren Namen gesetzt hatte, weil der Kaiser so gerne in fremde Papierkörbe STtiefelte.

# *Frage und Antwort*

ICH MUSS IHNEN ETWAS SCHRECKLICHES MITTEILEN...
HÄ?
... MEIN LINKER FUSS IST EIN WEISSBROT!
EIN WEISSBROT? WIRKLICH?

TATSÄCHLICH!
HERR OBER! EIN MESSER, BUTTER UND ETWAS SALZ BITTE!

# *Der Wetterbericht*

*Vater, o Vater!*

Was bisher geschah: Herbert ist seit zwei Wochen mit Anne verheiratet, doch er wird das Gefühl nicht los, daß in seiner jungen Ehe etwas nicht stimmt. Er wendet sich an seine Freunde Bogi, Gregor und Erwin. Diese äußern einen Verdacht, den Herbert anfangs brüsk zurückweist. Daraufhin schaltet Bogi einen Privatdetektiv ein. Dieser hat ihm gerade das Ergebnis seiner Ermittlungen mitgeteilt, doch Bogi wagt es nicht, Herbert selbst zu unterrichten. Statt dessen ruft er Gregor an…

Doch auch Gregor bringt nicht den Mut auf, Herbert mit der Wahrheit zu konfrontieren. Statt dessen ruft er Erwin an…

Erwin schließlich wagt es…

Wie wird Herbert
auf diesen Schock
reagieren?
Muß seine junge
Ehe nun scheitern?
Oder wie?
Oder was?
Wird fortgesetzt!

## Die Begegnung

## *Die Prophezeiung*

EIN HELLES!
NA, WIE GING'S DENN HEUTE?
HEUTE? NA JA... HEUTE HABE ICH VERKÜNDET, DASS DIE WELT MORGEN UNTERGEHT... DAS GAB EINEN GANZ SCHÖNEN WIRBEL...
MORGEN?
JA, MORGEN... WOLL'N MAL SEH'N, OB ES STIMMT... ICH BIN SELBER GESPANNT...
WIR AUCH!

NA, WENN IHR MICH FRAGT: ICH GLAUB'S JA NICHT... ABER TROTZDEM...
TROTZDEM WAS?
TROTZDEM: SAUFT UND HURT, AUF DASS IHR ETWAS VOM LEBEN GEHABT HABT...
WIRD GEMACHT!
ICH WEISS NICHT, VATER, IRGENDWIE GEFÄLLT MIR DER MANN...
MIR AUCH!
EIN HEI-LIGER, DER IN UNSERE ZEIT PASST...

Als Vertreter in der Antarktis

*Neun Geschichten aus aller Welt*

## Frankreich

Die bekannte Streitfrage der Scholastiker, wie viele Engel auf einer Nadelspitze Platz haben, erregte die Gemüter der Pariser Theologen so sehr, daß sich der Dekan 1289 zu einem damals ungewöhnlichen Schritt entschloß. Des Streites der drei sich befehdenden Gruppen müde, lud er sie am ersten Sonntag nach Trinitatis in die Aula der Universität ein.

»Wie viele Engel haben nach Eurer Meinung Platz auf einer Nadelspitze?« fragte er Le Varlin, den Sprecher der ersten Gruppe.

»Kein einziger«, antwortete dieser, »die ätherische Beschaffenheit dieser Wesen...«

»Das wissen wir«, unterbrach ihn der Dekan und sah Grandgouche, den Sprecher der zweiten Gruppe, an. »Was meinen Sie?«

»Natürlich 150«, entgegnete dieser, »wer sich nur etwas in den Schriften des Thomas von Aquin...« »Danke«, sagte der Dekan und wandte sich an Batteux, den Verfechter des dritten Standpunkts. »Jeder«, sagte dieser zornig, »der nur etwas Verstand hat, wird wissen, daß es unzählige sind. Diese immateriellen Geschöpfe...«

»Gut«, sagte der Dekan laut, »wir kennen nun Ihre Meinungen. Jetzt passen Sie mal auf.« Er griff in seine Tasche, holte eine Nadel heraus und steckte sie mit dem stumpfen Ende in eine Tischritze. Darauf faltete er seine Hände, und nach kurzer Zeit kamen einige Engel in den Raum geschwebt. Sie kreisten eine Weile über der Nadel, dann setzte sich erst einer darauf, nach einigem Zögern ein zweiter, schließlich ein dritter. Ein vierter Engel versuchte es, rutschte aus und fiel auf den Tisch. Er versuchte es ein zweites Mal, wieder mißlang es, die Nadel bot keinen weiteren Platz mehr. Die Engel blieben eine Weile, dann verließen sie lautlos die Aula.

»Bitte schön«, sagte der Dekan nach einer Pause, »es sind drei

Engel, keiner mehr, keiner weniger. Und jetzt beendet den Streit.« Die Sprecher der Parteien schwiegen einen Moment.
»Das waren aber merkwürdige Engel«, sagte Le Varlin schließlich.
»Sie waren viel zu groß«, sagte Grandgouche.
»Jeder, der nur etwas von Engeln versteht«, sagte Batteux, »wird wissen, daß das keine waren, da ihre immaterielle Substanz es ermöglicht, daß unzählige von ihnen auf einer Nadelspitze Platz haben.«
»150«, meinte Grandgouche.
»Keiner«, sagte Le Varlin fest.
»Aber meine Herren«, rief der Dekan, »nun ist doch bewiesen...«
»Bewiesen ist nur eines«, sagten die Sprecher aus einem Munde, »daß das keine Engel waren.«
Und da sie sich das erste Mal in ihrem Leben einig waren, marschierten sie schnurstracks zum Großinquisitor, dem der Dekan schon lange ein Dorn im Auge war. Am zweiten Sonntag nach Trinitatis sah man denn auch den schönsten Scheiterhaufen, der je vor Notre-Dame gebrannt hatte.

## Arabien

Achmed, ein Kaufmann aus Bagdad, hatte sich kaum im Hafen von Dschidda eingeschifft, als sein mit kostbaren Tuchen beladenes Schiff in einen furchtbaren Sturm geriet und mit Mann und Maus unterging. Er allein konnte sich auf einem Delphin retten, doch auch das hätte ihm nicht viel genützt, wenn nicht ein Greif beide gepackt und in sein Nest getragen hätte. Von dort floh der Kaufmann, indem er aus den Flügeln der jungen Greifen einen Flugapparat baute, gelangte in ein unermeßlich reiches Land, in dem die Menschen auf dem Kopf gingen, und wurde dort Ratgeber des Königs.
Die Sehnsucht nach seiner Heimat ließ ihn erneut flüchten, Menschenfresser fingen ihn, er entkam mit Hilfe der Tochter des Häuptlings, erreichte das ferne China, fand dort den gehei-

men Zugang zum Goldland und kehrte nach vielen Jahren zehnmal so reich nach Bagdad zurück, wie er ausgezogen war. Der erste, den er dort traf, war ein alter Freund. »Hallo, Achmed«, rief dieser, »dich hat man aber schon eine Ewigkeit nicht mehr gesehen. Wie ist es dir denn in der Zwischenzeit ergangen?«

»Ich kann nicht klagen«, antwortete Achmed. »Und was hat sich hier getan?«

»Allerhand, mein Lieber«, sagte der Freund, »Said zum Beispiel hat den Teppichhandel aufgegeben und ist jetzt bei Fajoud in Medina angestellt.«

»Unglaublich«, unterbrach ihn Achmed.

»Und der alte Ibn Mir hat seine zweite Frau verstoßen und die Tochter des Wasserträgers geheiratet!«

»Na ist denn das zu fassen. Die Tochter des Wasserträgers!«

»Ja«, sagte der Freund, »sie ist allerdings eine Schönheit. Und der kleine Ben Zwi ist zum zweiten Male Vater geworden.«

»Der kleine Ben Zwi«, rief Achmed aus, »ja ist denn das die Möglichkeit! Erzähle mir mehr!«

Und da sie an diesem Tage nicht fertig wurden, lud Achmed seinen Freund in seinen Palast ein, wo ihm dieser 40 mal 40 Tage Bericht erstattete. Reich beschenkt, machte er sich schließlich daran aufzubrechen, als er auf der Treppe noch einmal stehenblieb.

»Um das noch kurz zu erzählen, der alte Mouludji hat sich mit Harun verkracht.« »Das höre ich ja das erste Mal«, schrie Achmed, »das mußt du mir aber genauer erzählen.«

Und so blieben sie weitere 40 Tage und Nächte beisammen, denn, wie schon der Koran sagt, von drei Dingen kann der Mann nicht genug bekommen: von Frauen, von Kus-Kus und von guten und lehrreichen Geschichten.

Während eines juristischen Staatsexamens stand der Prüfling, der die Fragen bis dahin nur zögernd und etwas zerstreut beantwortet hatte, plötzlich auf und sagte ohne ersichtlichen Anlaß: »Meine Herren, merken Sie nicht, wie eitel all das ist, was wir hier treiben? Keiner von uns kennt die Stunde seines Todes, aber jeden von uns wird er einmal ereilen. Das allein ist sicher in diesem Leben, das doch nur ein Schatten ist, ein kurzer Wandel...«

»Herr Lechte«, unterbrach ihn der prüfende Professor, »Sie haben sich hier zu einem Staatsexamen eingefunden. Das ist nicht der Ort für solche Reden. Ich bitte Sie...«

»Nicht der Ort?« fragte der Prüfling mit weitaufgerissenen Augen. »Überall ist der Ort, die Botschaft unseres Herrn zu verkünden. Er hat uns aufgetragen, sein Wort zu verkünden, wo immer es sei. Gehet hin, sprach er...«

»Sie haben ja vollkommen recht«, schaltete sich ein zweiter Professor ein, »wir teilen Ihre Ansicht, nur...«

»So«, sagte der Prüfling, »Sie teilen sie? Dann lasset uns aufstehen und den Herrn mit fröhlichen Liedern preisen, der soviel Gutes an uns getan hat!« Und er begann, mit lauter Stimme »Geh aus mein Herz« zu singen.

Die Professoren schwiegen betreten. Der Prüfling unterbrach seinen Gesang. »Singt mit!« rief er. »Der Fröhliche ist dem Herrn wohlgefällig...«

»Wenn Sie sich nicht augenblicklich wieder hinsetzen, dann sind Sie durchgefallen«, schrie der prüfende Professor.

Der Prüfling sah ihn erstaunt an. »Sie wollen jemanden durchfallen lassen, weil er Sein Wort verkündet?«

»Aber nein!« brüllte der Professor.

»Sondern?« fragte der Prüfling.

»Die Prüfungsordnung schreibt vor...«, sagte der Professor.

»Menschenwerk«, unterbrach ihn der Prüfling.

Die Professoren steckten die Köpfe zusammen. »Sie haben bestanden«, sagte der Prüfungsvorsitzende schließlich. »Und jetzt gehen Sie bitte!«

»Wie wunderbar sind die Wege des Herrn«, rief der Prüfling, »lasset uns unsere Stimmen erheben...«
Doch die Professoren hatten im Nu den Raum verlassen.
Der Prüfling zog lächelnd seinen Mantel an. »Wer nur den lieben Gott läßt walten«, sang er laut und trat auf den sonnigen Flur, in dem sein Gesang noch einmal so schön widerhallte.

## Griechenland

Da die Geschichte von Ikarus und Daedalus bisher immer verfälscht wiedergegeben worden ist, soll hier einmal die Wahrheit erzählt werden.
Denn es war keineswegs so, daß Ikarus entgegen den Warnungen seines Vaters so hurtig der Sonne entgegenstrebte, daß diese das Wachs seiner Flügel zum Schmelzen brachte und er darauf jämmerlich ertrank. Wie jedes Kind weiß, wird es in den höheren Luftschichten immer kälter, und tatsächlich ist jene Version nachträglich von Daedalus erfunden worden, um den Leuten zu erklären, wo sein Sohn geblieben sei.
Ikarus nämlich, der Jahre mit seinem Vater im Labyrinth gelebt hatte, war der ständigen Bevormundung müde und flog seinem schon ergrauten Vater einfach davon. Denn zu allen Zeiten schon wollte die Jugend ihr eigenes Leben leben.
Der väterlichen Obhut entronnen, hielt Ikarus Kurs auf Korinth, landete dort und begann unverzüglich das ausschweifendste Lasterleben, das man sich nur denken kann. Dabei kam es ihm anfangs zugute, daß er stets seine Flügel bei sich trug und sich so jeder Bezahlung pfeilschnell entziehen konnte. Doch bald verlor er, vom vielen Trinken und Huren geschwächt, die Kondition, und seitdem er einmal völlig betrunken gestartet und gegen eine Hauswand geprallt war, beschränkte er sich darauf, Reisende anzubetteln und kleinere Diebstähle zu versuchen. Dabei geschah es, daß er eines Tages einen Fremden bestahl, der sich jedoch blitzschnell umdrehte und ihn festhielt. Es war sein Vater Daedalus. »Ikarus«, sagte dieser betroffen, und sein

Sohn schwur auf den Knien, sich von Stund an zu bessern. Sein Vater nahm ihn zu sich, doch nach zwei Tagen war der Sohn schon wieder ausgerissen. Nach langem Suchen fand ihn der Vater im verworfensten Haus des ganzen Hafens. »Ikarus«, sagte er, »ich werde dich einsperren müssen.« Doch sein Sohn floh wiederum, und sein Vater holte ihn endlich aus einer Kaschemme, wo er gerade seinen Rausch ausschlief. »Es muß sein«, sagte er hart, fesselte seinen Sohn und baute zwei Monate an dem sinnreichsten Labyrinth, das er je erdacht hatte. Dann führte er Ikarus hinein. »Hier wirst du jetzt bleiben«, sagte er. »Trinkwasser ist in diesem Brunnen, Nahrung wird dir täglich hineingeworfen. Mach's gut.«
Und mit Hilfe eines Wollfadens fand er den Ausgang des Labyrinths, ohne auf die Hilferufe seines mißratenen Sohnes zu hören.
Seitdem aber saß Daedalus, und hierin hat die Überlieferung wieder recht, trauernd am Meer. Jedem, der nach dem Grund seiner Trauer fragte, erzählte er die bis auf unsere Tage überlieferte Darstellung vom Tod seines Sohns, der sich mit seinen Flügeln der Sonne genähert habe und dabei in das Meer gestürzt sei. Es ist verständlich, daß Daedalus dies tat. Denn zu allen Zeiten haben Väter versucht, die Schande ihrer Söhne zu verbergen. Die Leute aber glaubten ihm, er wurde von allen, die von seinem Unglück hörten, bedauert, und das Meer, an dem er trauerte, heißt bis auf den heutigen Tag das »Ikarische«.

## Portugal

Der erfolgreichste, wenngleich unbekannteste Feldherr der neueren Geschichte ist ohne Zweifel der Portugiese Pedro Ramoes, der 1901 aufbrach, um das damals von allen Weltmächten umkämpfte China für Portugal zu erobern. Mit seiner äußerst disziplinierten Truppe verließ er schon im Januar seine Heimat, vermied in Spanien und Frankreich jede Feindberührung, durchquerte Deutschland mit Hilfe der Reichsbahn, führte

seine 170 Getreuen auf Schleichwegen durch Rußland und das endlose Sibirien und stand im März des Jahres 1905 an der Grenze Chinas. Dort ließ er seine Truppen ausschwärmen und blies zum Angriff. Nach weiteren zwei Jahren hatte er, ohne irgendwelches Aufsehen zu erregen, Peking umzingelt, sich mit einer Kerntruppe in den Palast geschlichen und, nachdem Kundschafter versichert hatten, daß kein Chinese in der Nähe sei, blitzschnell die portugiesische Fahne auf der kaiserlichen Pagode gehißt. Einen Moment lang flatterte sie im frischen Winde, dann ließ Ramões sie eilig wieder einholen. »Wir Militärs haben unsere Pflicht getan, und ich danke jedem einzelnen von euch«, sagte er seinen Soldaten, »den Rest mögen die Politiker besorgen.«
Und ebenso planmäßig, wie die Truppe das Land erobert hatte, setzte sie sich wieder ab, durchquerte Sibirien und Rußland, schlich sich durch Polen, löste an der deutschen Grenze Fahrkarten, kroch durch Frankreich, hastete durch Spanien und erreichte 1914 die portugiesische Grenze. Hier allerdings machte Ramões den entscheidenden Fehler seiner Feldherrnlaufbahn, als er aus Freude über die geglückte Heimkehr seine Truppe mit wehenden Fahnen und klingendem Spiel in Portugal einmarschieren ließ. Denn mittlerweile war – was er nicht wissen konnte – der Erste Weltkrieg ausgebrochen, und als die verwirrten Grenzposten das Heer einrücken sahen, eröffneten sie in der Meinung, die Franzosen oder gar die Deutschen seien dabei, in ihr Land einzufallen, das Feuer. Mit der Nationalhymne auf den Lippen, fiel das ruhmreiche Heer. Nur ein alter Oberst entkam, doch als er sich bei der Regierung in Lissabon meldete, hatte diese nichts Eiligeres zu tun, als ihn in eine Anstalt zu stecken, wo er noch viele Jahre verständnisvoll nickenden Wärtern und besorgt blickenden Ärzten von den Schönheiten Sibiriens und den Gefahren des Chinafeldzuges erzählte.

Ein Reisender machte in einem kleinen Dorf Station und beschloß, im einzigen Gasthaus zu Mittag zu essen. Als er nach der Speisekarte verlangte, erklärte der Wirt bedauernd, daß er zur Zeit nur gedämpfte Mumeln anbieten könne. In Erwartung einer besonders ausgefallenen Spezialität bestellte der Reisende dieses Gericht, worauf der Wirt einen Teller brachte, auf dem vier kleine, grüne Früchte lagen. Mißtrauisch nahm der Gast eine von ihnen in den Mund und biß vorsichtig drauf. Sein Mißtrauen war berechtigt, die Früchte waren zäh und ohne Geschmack. Empört rief er nach dem Wirt.

»Ich habe eine Frage an Sie«, sagte er. »Wieso sind diese Mumeln so klein?« »Es war ein schlechtes Mumeljahr«, antwortete der Wirt. »Im letzten Jahr waren sie viel größer. Aber heuer kam ein unerwarteter Frost, und schon war die ganze Mumelernte verdorben.« »Sie sind aber nicht nur klein, sondern auch geschmacklos«, sagte der Gast böse. »Das war der Regen«, entgegnete der Wirt. »Wenn es regnet, verlieren die Mumeln ihren Geschmack.«

»Außerdem sind sie zäh wie Leder«, ergänzte der Reisende. »Das kommt vom Dämpfen«, sagte der Wirt. »Die meisten Mumeln vertragen das Dämpfen nicht. Manchmal geht es gut, aber meistens werden sie zäh.« »Aber wieso dämpfen Sie sie dann, wenn Sie das wissen?« »Wenn man sie kocht, schmecken sie noch schlechter«, sagte der Wirt. Verblüfft schwieg der Gast.

»Na hören Sie mal«, begann er von neuem, »meinen Sie, daß ich von diesen vier Mumeln satt werden kann?« »Nie und nimmer«, entgegnete der Wirt. »Kein Mensch wird davon satt, das sieht doch ein Kind.« »Könnte ich dann nicht wenigstens Kartoffeln dazu bekommen?« Der Wirt hob entsetzt die Hände. »Aber man kann doch nicht zu Mumeln Kartoffeln servieren!« »Aber wie können Sie denn Ihren Gästen ein Gericht vorsetzen, das weder schmeckt noch sättigt«, fragte der Reisende zornig. »Das habe ich mich auch schon gefragt«, sagte der Wirt. »Aber Sie sehen ja selbst, daß es geht.« »Und jetzt wollen Sie wohl noch Geld dafür?« fragte der Gast. »Wenn es Ihnen nichts ausmacht,

wäre ich schon froh, wenn Sie zahlen würden«, entgegnete der Wirt. »Irgendwie muß ich ja leben. Ich habe Frau und Kinder.«
Wütend zahlte der Reisende und stand auf. »Sie erwarten hoffentlich nicht, daß ich Ihr Lokal nun auch noch weiterempfehle?«
»Wie käme ich dazu«, sagte der Wirt traurig. »Aber es wäre natürlich schön, wenn Sie es täten. Es kommen nicht viele Leute in mein Lokal.«
Da faßte den Gast ein merkwürdiges Grausen, und er stieg schnell in seinen Wagen. Im Rückspiegel sah er noch, wie ihm der Wirt freundlich nachwinkte.

## Belgien

Im Brüsseler Patentamt erschien ein Mann und erklärte, er habe eine Erfindung anzumelden.
»Was für eine Erfindung?« fragte der Beamte.
Es sei ein Wunderhorn, erklärte der Mann und fügte hinzu, daß er es mitgebracht habe. Er öffnete seine Aktentasche und holte ein Blasinstrument heraus.
»Das ist eine gewöhnliche Trompete«, sagte der Beamte, »die gibt es zu Tausenden.«
»Das ist keine gewöhnliche Trompete«, entgegnete der Mann, »sie hat eine besondere Eigenschaft. Wenn man einen Ton darauf bläst, verschwindet sie. Das ist das Wunderbare an meinem Instrument.«
»Was heißt das: Dann verschwindet sie?«
»Das heißt, daß sie sich in Nichts auflöst.«
»Und das soll ich Ihnen glauben?« fragte der Beamte.
»Ich hoffe es«, sagte der Mann. »Ich will mein Horn doch patentieren lassen.«
»Dann blasen Sie mal«, entgegnete der Beamte.
»Das ist nicht möglich«, antwortete der Mann, »dann verschwindet mein Horn doch.«

»Ich soll Ihnen Ihre Behauptung also auf Treu und Glauben abnehmen?« fragte der Beamte.
»Ich bitte darum«, sagte der Mann. »Ich habe 14 Jahre an diesem Horn gearbeitet.«
Der Beamte überlegte eine Weile, dann schüttelte er den Kopf. »Sie müssen schon einen Ton auf Ihrem Instrument blasen«, sagte er. »Wenn Sie das nicht wollen, können Sie ja gehen. Für eine gewöhnliche Trompete stellen wir jedenfalls kein Patent aus.«
Der Mann sah unschlüssig auf sein Horn. »Wie Sie wollen«, sagte er schließlich. »Sie werden schon sehen, was dabei herauskommt!« Er hob das Horn an die Lippen und blies. Augenblicklich verschwand es. »Jetzt möchte ich das Patent dafür«, sagte er böse.
»Wofür?« fragte der Beamte.
»Für das Horn«, sagte der Mann.
»Für welches Horn?« fragte der Beamte. Der Mann sah beschämt auf seine Hand, die nun leer war.
»Weg ist weg«, sagte der Beamte. »Für etwas, das nicht da ist, gibt es auch kein Patent.«
»Ich habe es kommen sehen«, murmelte der Mann traurig.
»Vergessen Sie Ihre Tasche nicht, und gehen Sie bitte«, sagte der Beamte. Er sah dem Mann nach, der zur Tür hinausging, und schüttelte den Kopf. Dann lehnte er sich im Sessel zurück und rief mit mürrischer Stimme: »Der nächste bitte!«

## England

Ein englischer Psychologe, der damit beschäftigt war, die Visionen berühmter Heiliger zu untersuchen, geriet eines späten Abends an die Schriften, in denen Dionysus von Milet, ein Eremit aus dem 4. nachchristlichen Jahrhundert, seine Geschichte niedergezeichnet hatte. Er las sie mit wenig Interesse, da sie für ihn nicht viel Neues bot. Stets erschien Satan als nacktes Weib, stets waren da die Unterteufel in Krötengestalt, stets verschwand der Höllenspuk, wenn der Bedrängte das Kreuzeszeichen schlug –

der Mechanismus war ebenso primitiv wie leicht zu durchschauen.
Der Psychologe machte einige Notizen zum Stichwort »Sexuelle Mangelerscheinungen«, als ihn ein Geräusch veranlaßte, aufzusehen. Auf dem Boden seines Zimmers saß eine kleine rote Maus. Er zischte etwas, um sie zu verjagen, und wollte sich wieder seinen Studien zuwenden, als auf einmal Tausende von geschuppten Kröten durch die verschlossene Tür quollen. Währenddessen hatte die Maus angefangen, immer heller zu glühen, nun wuchs sie auch noch, wurde immer größer, verwandelte sich in eine nackte, wunderschöne Frau und setzte sich auf den Schreibtisch.
Der Psychologe, der zur gleichen Zeit versucht hatte, die Kröten zur Tür hinauszujagen – was ihm nicht gelungen war, da sie sich ständig vermehrten –, wurde ernstlich böse, als er sah, wie die Frau es sich zwischen seinen Papieren bequem machte.
»So geht das aber nicht«, rief er, »Sie bringen meine ganzen Notizen durcheinander!« Doch das Weib hörte nicht auf, sich auf dem Tisch zu räkeln und verlangend die Arme nach ihm auszustrecken, so daß dem Wissenschaftler schließlich nichts Besseres einfiel, als voller Zorn das Kreuzeszeichen zu schlagen.
Sogleich verschwand der ganze Spuk. Seufzend öffnete der Psychologe das Fenster, da es im Raum stark nach Schwefel roch, dann setzte er sich mit den Worten »Es ist wirklich immer dasselbe« an seinen Schreibtisch und begann ärgerlich seine Notizen zu ordnen.

*Bei einem Wirte wundermild…*

WALDSCHÄNKE
Bis morgen!

## *Die sensationelle Super-Sauerei*

TATSÄCHLICH! NA... WARTEN SIE MAL...
ICH SCHAU MAL IN DER JACKENTASCHE NACH...
HM... MOMENT... VIELLEICHT IN DER HOSENTASCHE...
ABER IN DER INNENTASCHE... FEHLANZEIGE...
TJA, ICH MUSS ES WOHL VERGESSEN HABEN... SCHADE, SCHADE...
GERADE SIE HÄTTEN JA SOO EINEN SPASS DARANGEHABT!

## *Der Genius*

MANN!

# *Die rosa Gefahr*

# *Drei Fabeln*

## Der Eremit und der Tausendfüßler

Ein Eremit schalt einmal einen Tausendfüßler: »Da hat dir der Herrgott nun tausend Füße verliehen – und was machst du? Krabbelst wie wild in der Gegend herum!«
»Ha«, erwiderte darauf der Tausendfüßler, »daß ausgerechnet du das sagen mußt! Du, der du jeden Morgen erst zur Quelle eilst, um dich zu reinigen, dann in die Beeren, um Nahrung zu suchen, dann in die Kapelle, um zu vespern, und gegen Abend schließlich ins Dorf, um den jungen Mädchen deine Bibelsammlung zu zeigen. Und das alles mit nur zwei Füßen. Jetzt überleg mal, wie du dich erst mit tausend Füßen aufführen würdest!«
Diese Worte trafen den Eremiten so schwer, daß er beschloß, in Zukunft etwas weniger herumzulaufen.
Moral: Mit Schimpfen allein ist es oft getan, doch gute Argumente können auch ganz schön Wunder wirken.

## Das Wandbild und das Paßbild

Ein Wandbild prahlte einmal vor einem Paßbild: »Schau mich mal an, wie groß ich bin. Drei ausgewachsene Frauen können mich mit ihren Armen nicht umspannen, und oben reiche ich bis unter die Decke. Wenn man dagegen dich betrachtet – dich kann ja jeder in die Tasche stecken!«
Doch kaum hatte es ausgeredet, als ein sehbehinderter Kauz in voller Fahrt gegen das Wandbild rauschte und einen Schaden von ca. 1200 Mark anrichtete.
Da schüttelte das Paßbild traurig sein Haupt und sagte: »Tz, tz, tz.«
Moral: Wer in einem solchen Fall keine schlagfertige Erwide-

rung auf Lager hat, ist selbst dran schuld, wenn ihn jeder in die Tasche stecken kann.

## Der Uhu und der Hase

Ein alter Uhu trat eines Tages vor den Hasen hin und sagte: »Ich glaube zuversichtlich, schneller als du laufen zu können. Daher bitte ich dich, deine Kräfte mit den meinen zu messen!« Der Hase nahm die Herausforderung an, und an einem vereinbarten Tag fanden sich beide im Gottfried-Hammer-Stadion ein, dessen Ränge schon dicht besetzt waren.

Der Uhu, der in sehr guter Form antrat, ging sogleich nach dem Startschuß in Führung, er hielt den ersten Platz auch während der drei angesetzten Runden, doch in der Zielgeraden holte der Hase auf, Brust an Brust zerrissen beide das Zielband, und erst das Zielfoto klärte einwandfrei, daß der Hase den Lauf gewonnen hatte.

Der Uhu nahm das Ergebnis jedoch in sehr unsportlicher Haltung auf. Er bezichtigte die Jury der Schiebung, trat dem Hasen gegen das Bein und beschimpfte Meister Grimbart, einen der Schiedsrichter, als alten Frechdachs. Auf Grund dieser Vorfälle schloß ihn der Verband aus und erteilte ihm überdies ein zweijähriges Startverbot.

Moral: Suche das Unrecht nicht bei anderen, wenn du es auch bei dir selbst finden kannst.

Denn: Wer ein alter Uhu ist, muß sich damit abfinden, daß er nicht mehr zu den jüngsten zählt.

Und: Wer es mit den Hasen aufnehmen will, muß sich eben sputen.

# *Belsazars Tod*

Men
TATSACHE!
WAS MEINST DU, WIE ES WEITER GEHT?
Mene mene te
MENE, MENE, TENE...
FALSCH. TEKEL!
Mene mene tekel
DARAUF WÄRE ICH NICHT GEKOMMEN.

UND JETZT?
Mene mene tekel u
UKEL
WIEDER FALSCH. UND JETZT?
Mene mene tekel upha
UPHARSIN!
WIEDER DA-NEBEN!
Mene mene tekel upharsan
ABER DAS WORT GIBT ES DOCH GAR NICHT. ES MUSS UPHARSIN HEISSEN!

Mene mene tekel upharsin
SIEHST DU?
BRAVO!
Mene me
JA, IN DER GRAMMATIK MACHT MIR KEINER WAS VOR. DOCH JETZT WIRD WEITERGEFEIERT!
Belsazar aber ward in selbiger Nacht von seinen Dingsbums umgebracht. Ihr wißt schon, wen ich meine! gez. Heinrich Heine
JE.

# *Toskanische Begegnung*

Was bisher geschah: Vier Jahre lang hat Rudi gegen die Krim-Kabylen gekämpft, sein erster Heimaturlaub führt ihn zu seiner Freundin Dora. Doch Dora macht ihm unerwartete Schwierigkeiten, die Rudi gesprächsweise zu beheben sucht...

Werden Rudi und Dora ihr Glück noch finden? Wohin dann aber mit Vater? Nimmt ihn vielleicht ein hochherziger Leser zu sich? Vorschläge verbeten!

Traugott von M.
in:
„Der Abschieds-
brief"
Liebe Elise, wir
müssen
uns
trennen...
...wie solltest Du auch
einen Mann lieben
können, der Worte
niederschreibt...
...unaussprechliche
Worte, wie...

... Arsch, Arsch, Arsch ...
Auf Wiedersehen! Nein! Lebwohl!
Dein ~~Arschgott~~ Traugott

Schau nur! Die ersten Mauersegler!

Winter 69, im Vorarlberg. Das kleine Gebirgsdorf Trottwang ist von der Umwelt abgeschnitten. Ursache: zuviel Schnee. Die Eisenbahnen kommen nicht durch, die Straßen sind zu, Frauen vereist, Kinder und Greise – reden wir nicht davon. Schrecklich. Drei Männer bleiben übrig: Richard Rauch und die jungen Palms. Nur einer kann sich durchschlagen – mehr trägt die Schneedecke nicht. Das Los trifft Richard; die Abschiedsszene hält er mit dem Selbstauslöser fest. Dann bricht er auf. Ziel: Innsbruck. Auftrag: Kohlen holen. Man muß sich das einmal vorstellen. Ein weißes Leichentuch, soweit das Auge reicht. Sonst nichts. Kein Baum, kein Strauch, kein Bier. Nur hier und da streunende Eishörnchen. Oder eine halbverhungerte Schnee-Eule, die sich warm zu halten versucht, indem sie in die blaugefrorenen Flügelchen bläst. Geht natürlich nicht. Diese Eindrücke! Bis hin nach Innsbruck! Gräßlich! Aber endlich ist er durch, der Richard. Und was tut er? Kämpft er sich zurück zu

seinen Freunden? Rettet sie? Nichts da. Er geht mit dem Foto hausieren. Von Redaktion zu Redaktion. Läßt sich als tapferer Durchkommer feiern.
Lebt wie ein Fürst. Doch endlich kommt er an den Richtigen. Ein Chefredakteur, der genannt sein möchte (möchte ich aber nicht, er hat nämlich so einen komischen Namen, klingt wie Wurmfrtstz – oder nein: Bommerlunder heißt er – ehrlich! Na ja, jetzt ist's raus. Zufrieden, Bommerlunder?) – dieser Mann also legt den Richard aufs Kreuz. Weist ihm Widersprüche nach. Geht dabei ganz dialektisch vor. Dringt in ihn ein. Dringt wieder raus. Beutelt ihn nach Strich. Und Faden. Bis es dem Richard zuviel wird: »Ja!« schreit er. »Ich sollte Hilfe holen. Hab's aber verschwitzt. Gnade! Als dreizehntes von sieben Kindern eines Tagediebs, der seine Karriere mit dem Raub des Berliner Reichstages krönen woll...« Doch Bommerlunder weiß genug. »Menschenleben in Gefahr!« überschreibt er seine nächste Glosse. Thema: Die Eingeschlossenen von Trottwang. Sofort bricht ein Hubschrauber der Rettungswacht auf. Kommt natürlich zu spät. Die Eingeschlossenen sind längst weg. Ist ja auch schon Juli. Mittlerweile. Jubel bei der Rettungswacht. Am glücklichsten aber ist Richard, der sich fest, fest vornimmt, nie wieder mit Fotos hausieren zu gehen. Und er hat's auch nie, nie wieder getan.

*Sechs Märchen*

## Der Pornogroßhändler im Glück

Es war einmal zu der Zeit, als die gebratenen Krammetsvögel einander noch ins Maul flogen, da hauste in einer Kate ein Kater. Der aber hat mit unserer Geschichte nicht das geringste zu tun. Fünfhundert Kilometer weiter landeinwärts sah die Sache schon anders aus. Nehmen wir nur Köln. Da lebte ein alter Müllerssohn, der merkte, daß es ans Sterben ging. Da ließ er seine drei Väter zu sich rufen und sprach also zu ihnen: »Ihr habt mir sieben Jahre lang treu und redlich gedient, nun sollt ihr euren Lohn erhalten! Du, Peter, bist der Älteste und bekommst dieses Hütlein, mit dem es jedoch folgende Bewandtnis hat: Wenn du es aufsetzt, kann dein Kopf nicht naß werden. Du, Hinz, erhältst dieses Töpflein voll Mus. Es ist aber ein besonderes Töpflein, denn wenn du es aufsetzt, kann dein Kopf ebenfalls nicht naß werden. Mußt freilich vorher den Mus raustun. Und nun zu dir, Kunz, du bist mir der liebste von euch dreien. Dir vermache ich dieses Kästlein hier. Es ist aber ein Kästlein von ganz absonderlicher Art, weil es ein Schnetzelkästlein ist. Und nun zieht in die Welt hinaus und versucht euer Glück!«

So nahmen die drei denn Abschied, und als sie vor die Stadt gekommen waren, da trennten sich ihre Wege. Peter, der Älteste, ging gen Norden. Da lief ihm auf der Höhe von Flensburg ein Dachs über den Weg, der ganz erbärmlich naß war.

»Ei, wie bist du dann so erbärmlich naß, lieber Dachs?« verwunderte sich unser Peter.

»Wie sollte ich bei diesem Regen nicht naß sein?« erwiderte der Dachs. »Hätt ich freilich ein Hütlein wie du, dann würde ich anders dastehen.«

Da dauerte der Dachs den Peter, und er schenkte ihm sein Hütlein. Der Dachs bedankte sich, setzte das Hütlein auf und sprach also: »Du hast mir geholfen, darum will ich auch dir behilflich sein. Solltest du einmal in Not geraten, dann rufe nur laut meinen Namen. Ich heiße übrigens Jens.« Und mit diesen Worten verschwand er im Unterholz. Peter aber schritt weiter aus und gelangte bald nach Kopenhagen, wo er sich bei einem Pornohändler verdingte und durch seine fleißige und umsichtige Art bald die Freude seines Meisters wurde.

Da begab es sich, daß eines Morgens ein Abgesandter des Großfürsten von Kopenhagen den Laden betrat und dem Pornohändler bestellen ließ, er habe sich um elf Uhr zur Audienz einzufinden. Der Großfürst aber war ein sehr hochfahrender Mann und seine Tochter eine stadtbekannte Sodomitin.

Zur angesetzten Zeit trat der Pornohändler in den Kronsaal des Großfürsten, der ihn also anredete: »Man sagt, du habest das größte Pornosortiment von Kopenhagen. Hat das seine Richtigkeit?«

»Jawohl«, bestätigte der Pornohändler.

»Nun, dann will ich dich auf die Probe stellen«, fuhr der Großfürst fort. »Du weißt, daß meine Tochter eine stadtbekannte Sodomitin ist. Seit Wochen nun ist sie schwermütig, und nur eines auf der Welt kann sie aufheitern: eine Serie von zwölf gestochen scharfen Hochglanzfarbfotos, die Dachs und Dächsin in den gewagtesten Stellungen zeigen. Ich gebe dir zwölf Stunden Zeit, um diese Bilder aufzutreiben. Gelingt dir das, so sollst du ganz groß rauskommen, gelingt es dir aber nicht, so wirst du den kommenden Morgen nicht mehr erleben!« Da erschrak der Pornohändler, denn er wußte, daß er diesen Wunsch nicht so schnell erfüllen konnte. Doch zum Großfürsten sagte er: »Wird gemacht!«, und traurig begab er sich auf den Heimweg.

In seiner Werkstatt angekommen, ließ er sich bedrückt auf den Stuhl fallen. »Ach, wäre ich doch schon tot!« seufzte er so laut, daß Peter sich erschrocken nach der Ursache seines Kummers erkundigte. Da erzählte ihm der Meister vom Auftrag des Großfürsten. »Sei unbesorgt!« entgegnete darauf der Peter. »Diese Fotos sollst du erhalten«; und als die Sonne gesunken war, ging er mit seiner Kamera vor die Stadt und rief laut den Namen des Dachs', der übrigens Jens hieß.

Da öffnete sich das Unterholz, und ein mächtiger Dachs trat vor Peter hin.

»Was ist dein Begehr?« fragte der Dachs barsch.
»Mein Meister ist in Schwierigkeiten, und da dachte ich...«
»Was heißt hier: dein Meister ist in Schwierigkeiten?« unterbrach ihn der Dachs. »Wie heißt du denn überhaupt?«
»Aber ich bin doch der Peter!«
»Welcher Peter?«
»Der, der dir das Hütlein schenkte.«
»Ein Hütlein? Wann denn?«
»Na damals, als es so naß war!«
»Hier ist es immer naß!« bellte der Dachs. »Wenn ich deshalb mit einem Hütlein herumlaufen wollte, müßte ich ständig eines tragen. Wie würde ich da aussehen – ich bitt dich! Der Hut würde mir doch jedesmal runterfallen, wenn ich in den Bau krieche!«
»Aber bist du denn nicht Jens, der Dachs?« fragte Peter.
»Wir sind in Dänemark. Hier heißt jeder dritte Dachs Jens. Wahrscheinlich meinst du einen anderen Dachs gleichen Namens. Nichts für ungut, Fremder!« Und mit diesen Worten krabbelte er in die Dunkelheit, ohne sich um Peters Rufen zu kümmern.
So kam es, daß der Pornohändler am nächsten Tag standrechtlich ersäuft und die Tochter des Großfürsten nie von ihrer Schwermut geheilt wurde. Peter aber beschloß, nimmermehr etwas wegzuschenken, und brachte es mit diesem Vorsatz zum größten Pornohändler Dänemarks. Hinz und Kunz, die es nach einigen Abenteuern ebenfalls nach Kopenhagen verschlagen hatte, wurden seine Kompagnons, und wer den Schmalfilm »Der geile Großinquisitor« gesehen hat, der wird sich sicher noch an das Töpfchen und das Kästlein erinnern, die der Großinquisitor vor der Vergewaltigung der Äbtissin vom Tisch wischt. Die beiden aber waren niemand anders als der Mustopf und das Schnetzelkästlein.
So lebten die fünf denn herrlich und in Freuden, und wenn wir nicht gestorben sind, dann leben wir noch heute.

## Vom lieben Gott, der über die Erde wandelte

Es begab sich einmal, als der liebe Gott wieder über die Erde wandelte, daß es dunkel wurde und er am Hause des reichen Mannes anklopfte und um ein Nachtlager bat.
Doch der reiche Mann erkannte nicht, wer da vor ihm stand, und so antwortete er: »Tritt herein, unbekannter Fremder, das ist wohlgetan, daß du bei mir anklopfst. Gleich werde ich dir das schönste Bett im ganzen Haus herrichten lassen, darf ich dich in der Zwischenzeit mit feinem Backwerk und köstlichen Weinen bewirten?«
Da gab sich der liebe Gott zu erkennen und sprach erfreut: »Dein Angebot ist sehr freundlich, reicher Mann. Die letzten Male, da ich über die Erde wandelte, mußte ich nämlich immer beim armen Mann absteigen. Und da hat es mir, ehrlich gestanden, gar nicht gefallen, bei dem war alles – unter uns gesagt – doch erschreckend ärmlich.«
Nach diesen Worten aber schmausten und tranken die beiden nach Herzenslust, und es wurde noch ein richtig netter Abend.

## Das Erdmännchen und der Raketenbauer

Es war einmal im Ingermannland, das ist dort, wo Schweden am dicksten ist, in einem Walde, den die Einheimischen nur Sloegenkoegen nannten. Das aber ist schwedisch und bedeutet soviel wie Hengenbengen, denn Sloegen meint Hengen und Koegen Bengen. In diesem Walde nun lebte ein alter Raketenbauer, dessen Name Milne Pudersen lautete, Milne nach einem Onkel mütterlicherseits und Pudersen nach Milne, und dessen ganzer Ehrgeiz war darauf gerichtet, einmal eine Rakete zu bauen, die so hoch sein sollte wie der Kirchturm zu Heckerupp, der aber maß ganze sieben Meter.
Doch wie immer er es anstellte, stets scheiterten seine Versuche. Mit der ersten Stufe ging es noch soso, doch wenn er versuchte, die zweite oder gar die dritte Stufe auf die erste zu stellen, dann

fiel der ganze Segen um, und um ein Haar wäre unser Milne schon mehrmals von seiner eigenen herabstürzenden Rakete erschlagen worden. Doch als er wieder einmal neben den Trümmern seiner Rakete saß, da öffnete sich die Erde ein klein wenig, und ein Erdmännchen schaute heraus. »Hallo, Erdmännchen«, sagte der Milne.

»Hallo, Milne!« entgegnete das Erdmännchen und fuhr fort: »Ich weiß, daß du fromm und gottesfürchtig bist, und deswegen habe ich jetzt drei Wünsche frei.«

»Entschuldige, liebes Erdmännchen«, sagte da der Milne. »Wolltest du nicht vielmehr sagen, daß ich drei Wünsche frei habe?«

Und das hatte das Erdmännchen in der Tat sagen wollen, doch da es von halsstarriger Natur war und ums Verrecken nicht zugeben mochte, einen Fehler begangen zu haben, schrie es: »Wer hier drei Wünsche frei hat, bestimme immer noch ich!« Und mit diesen Worten krabbelte es ins Erdreich zurück, wo es sich, da es ja nun drei Wünsche frei hatte, dreierlei wünschte: ein Erdfrauchen, ein Erdbeben und den spanischen Königsthron.

Jahre später jedoch, als das Erdmännchen schon längst unter dem Namen Juan Carlos auf dem spanischen Königsthron saß und sich an seiner bildschönen Ehefrau weidete, da meldete ihm sein Ministerpräsident, daß ein Erdbeben das Ingermannland erschüttert und dabei auch ein Todesopfer gefordert habe, einen Raketenbauer, dem die eigene, umstürzende Rakete zum Verhängnis geworden sei. Als das Erdmännchen diese Botschaft hörte, da bereute es bitterlich, damals so halsstarrig gewesen zu sein, insgeheim aber intensivierte es das spanische Raumfahrtprogramm, und als die erste spanische Rakete ins Weltall hinaufstieg, da trug sie den Namen »Milne Pudersen«. Das rief bei allen, die davon hörten, viel Rätselraten hervor, doch ihr, liebe Kinder, ihr wißt nun, wie es um diesen Namen bestellt ist, nicht wahr? Na fein.

Und nun trinkt euer Bierchen aus, denn morgen könnt es sauer sein, hängt die Zähne in den Spind und schlaft in Gottes Namen ein!

Auf einer alten Sprungschanze hausten einmal ein Skihase, ein Skilehrer und eine Schiefertafel zusammen, die hatten einander geschworen, nie auseinanderzugehen, es sei denn, wenn sie sich trennten. Nun fügte es aber ein Zufall, daß sich ein Königssohn in derselben Gegend befand, der hatte schon lange ein Auge auf die Sprungschanze geworfen, und sein höchstes Begehr war es, sie zu seiner Frau zu machen. Dieses Begehren aber rührte daher, daß er nicht ganz dicht war, und da ihn zudem eine ausgeprägte Antriebsschwäche kennzeichnete, wagte er es nicht, sich der Sprungschanze zu erklären, sondern litt nur schrill vor sich hin.
Als er nun eines Abends wieder seufzend in der Hotelhalle saß, da hörte er plötzlich ein feines Stimmchen, das also krähte: »Was seufzt du denn so?«
»Ach – so zehn, zwölf Bierchen am Abend«, entgegnete der Königssohn, aus seinen Gedanken aufschreckend.
»Nein, ich wollte wissen, warum du so seufzt«, hakte das feine Stimmchen nach.
»Na – Saufen würde ich das nicht gerade nennen«, erwiderte der Königssohn, doch nach einigem Hin und Her erfuhr die Schiefertafel, denn ihr und niemand anderem gehörte das feine Stimmchen, daß es Liebeskummer war, der den Königssohn betrübte, worauf sie fröhlich ausrief: »Wenn's weiter nichts ist! Schreib doch einfach eine Botschaft auf mich drauf, ich sehe die Sprungschanze heute noch, sie wird dich schon erhören!«
Und so schrieb der Königssohn denn einige Worte auf die Schiefertafel, worauf diese munter aus dem Hotel sprang und schnurstracks zur Sprungschanze eilte.
»Hier, lies mal, was auf mir steht«, rief sie. »Das ist für dich!« Auf der Tafel aber stand: »Liebe Sprungschanze, willst du meine Frau werden? Dein Königssohn.«
Die Sprungschanze, um deren Lesekünste es jedoch nicht zum besten bestellt war, da sie die Schule nur bis zum »e« besucht hatte, musterte die Tafel eindringlich und sagte dann, um sich keine Blöße zu geben: »Aha, verstehe! Jede Menge ›e's‹, aber nur zwei ›a's‹. Typisch!«

»Typisch wofür?« fragte die Schiefertafel.

»Na – für die Zeit, in der wir leben«, antwortete die Sprungschanze und machte eine wegwerfende Handbewegung, sofern man bei Sprungschanzen überhaupt von Handbewegungen sprechen kann.

»Und was soll ich dem Schreiber sagen?« fragte die Schiefertafel. »Er wartet auf eine Antwort.«

»Ach, sag ihm doch, daß ich mit dem e-e nicht viel anfangen kann«, brummelte die Sprungschanze, um überhaupt irgend etwas zu sagen, und fügte hinzu: »Und jetzt laß mich in Ruhe! Siehst du denn nicht, daß ich gerade eingeschneit werde?«

Diesen Worten wiederum entnahm die Schiefertafel, die auf einem Ohr lahmte, daß die Sprungschanze »mit der ›Ehe‹ nicht viel anfangen« könne, und so kam es, daß die Tafel dem Königssohn noch am selben Abend den vermeintlich abschlägigen Bescheid überbrachte.

Der nahm sich diese Abweisung so sehr zu Herzen, daß er versuchte, sich in einem Gletscher zu ertränken, und wenn er nicht erfroren ist, versucht er es noch heute.

Die törichte Sprungschanze aber teilte bis an ihr Lebensende das Schicksal so mancher Raumkapsel: sie blieb unbemannt.

Was schließlich aus der Schiefertafel und ihren Freunden wurde, das erzähle ich euch, wenn ihr euer Breilein gegessen habt. Also! Einen Löffel für den Robert, einen Löffel für den Gernhardt...

## Die Waldfee und der Werbemann

Es war einmal ein Werbemann, der hatte seiner Agentur viele Jahre lang nach besten Kräften gedient. Da begab es sich, daß die Agentur den riesigen Etat für ein neues Projekt an Land zog. Dieses Produkt aber hieß »Meyers Pampe«, und das war eine Pampe, die einen echten Produktvorteil besaß, da sie alle anderen Pampen an Klebrigkeit, Sämigkeit und Pampigkeit weit übertraf. Und weil das so war, sollte sie auch mit einem Slogan beworben werden, wie er eingängiger und treffender noch nicht erdacht worden war. Diese Aufgabe nun fiel unserem Werbemann zu, doch wie er sich auch anstrengte, alles, was ihm einfiel, war der Spruch »Meyers Pampe ist die beste«. Diesen Vorschlag hatte er auch beim Kreativdirektor eingereicht, doch wie er des Abends Überstunden machte, da hörte er, wie der Kreativdirektor dem Agenturchef auf dem Flur sagte: »So geht es nicht weiter mit unserem Werbemann. Er ist alt und zahnlos geworden. Das beste ist, wenn wir ihn so bald wie möglich schlachten.«

Da krampfte sich das Herz des Werbemannes zusammen, und er dachte bei sich: »Bevor es soweit kommt, da will ich lieber in die Fremde ziehen.« Und noch in derselben Nacht schnürte er sein Bündel und wanderte zur Stadt hinaus.

Bald gelangte er in einen tiefen Wald, wo er sich ermattet ins Gras sinken ließ. »Ach«, dachte er glücklich, »wie schön ist es doch hier im Wald. Hier will ich mein Leben beschließen. Was brauch ich denn? Wasser gibt's hier im Überfluß, Pilzchen und Würzelchen ebenfalls. Und Ruhe! Wenn ich dagegen an die Hetze in der Agentur denke!« Und unter solchen Gedanken schlief er ein.

Am folgen Morgen tat er sich zunächst am Quell gütlich, dann verspeiste er einige Wildkirschen, die ihm köstlich mundeten, und schließlich streckte er sich auf der Wiese aus und ließ sich die Sonne recht ordentlich auf den Pelz brennen. Als er so eine Weile gelegen hatte, da sah er einen Hasen über die Wiese hoppeln, und unwillkürlich ging ihm das folgende Verslein durch den Kopf: »Selbst der braune Meister Lampe greift erfreut nach Meyers Pampe.«

Das aber ärgerte ihn, und so verscheuchte er jeglichen Gedanken an Meyers Pampe aus dem Kopf und konzentrierte sich auf ein allerliebstes Meisenpaar, das auf dem Ast einer Buche turtelte. Doch auch bei diesem Anblick ging es ihm nicht besser. »Die Meise ruft es vom Geäste: Meyers Pampe ist die beste!« reimte er wider Willen. Das ärgerte ihn noch mehr, und laut rief er aus: »Ach Scheiße, was geht mich denn jetzt noch diese Pampe an!« Doch schon im selben Moment schoß ihm wieder

ein Verslein durch den Kopf: »Ach Scheiße, ruft der Werbemann, nichts reicht an Meyers Pampe ran« – und so ging es ihm mit jedem Ding, das er betrachtete und bedachte, bis es ihn nicht länger hielt. »Was habe ich hier im Wald verloren?« dachte er bei sich. »Ein kreatives Talent wie ich gehört nun mal in eine Agentur!« Und er begann so schnell wie möglich in die Stadt zurückzuwandern.
Da geschah es, daß ihm am Waldrand eine Fee begegnete.
»Guten Tag, lieber Werbemann«, sagte die Fee. »Ich weiß, daß du ein unschuldiges Gemüt hast, und deswegen sollst du jetzt drei Wünsche frei ha...«
Doch der Werbemann war so in Gedanken versunken, daß er gar nicht auf das hörte, was die Fee sagte, ja, er unterbrach sie sogar und rief ihr zu: »Du tust mir in der Seele weh, weil ich dich ohne Meyers Pampe seh!« Und mit diesen Worten ließ er die verdutzte Fee stehen und eilte in die Agentur zurück, wo er dem Kreativdirektor sogleich stolz seine neuen Slogans unterbreitete.
Diese Vorschläge freilich stießen auf eine derartige Ablehnung seitens der Geschäftsleitung, daß der Werbemann noch am selben Nachmittag geschlachtet wurde.
Die Fee aber nahm sich seine Worte so sehr zu Herzen, daß sie fortan nur noch Meyers Pampe benutzte. Und da sie der erste Versuch sehr zufriedenstellte, benutzt sie sie wohl noch heute.

## Vom Kindlein, das ein Hochhaus betrat

Ein Kindlein betrat einst ein Hochhaus.
Da fuhr es mit dem Fahrstuhl in das zehnte Stockwerk. Dort sah es einen Direktor sitzen, der hatte feuerrotes Haar. Da faßte es sich ein Herz, trat auf den Direktor zu und haute ihm mit aller Kraft auf die Nase.
Dann fuhr es noch zehn Stockwerke höher. Da sah es einen Generaldirektor sitzen, der hatte einen spinatgrünen Bart. Da dachte es bei sich »Bangemachen gilt nicht«, trat vor ihn hin und biß ihm ins Schienbein.

Dann fuhr es abermals zehn Stockwerke höher. Da sah es den lieben Gott sitzen, der hatte Augen so groß wie Wagenräder, die waren schwefelgelb. Da nahm es all seinen Mut zusammen, trat vor ihn hin und fragte: »Hauen oder beißen?«
»Wie bitte?« fragte der liebe Gott.
Da haute das Kind ihm in den Bauch und biß ihm überdies noch ins Ohr.
Von diesem Kindlein, scheint mir, können wir alle noch eine Menge lernen.

## *Das schwere Amt der Maria Zierling*

Was bisher geschah: Nach dem Tode ihres ungeliebten Mannes Holger Zierling, der 15 Jahre lang als Weltherrscher die Geschicke des Planeten leitete, hat seine Frau Maria das schwere Erbe übernommen. Schon die ersten Tage ihrer Herrschaft konfrontieren sie mit einer Entscheidung auf Leben und Tod. Wird sie die richtige Antwort finden? Schon um neun Uhr morgens bittet ihr Großwesir um eine Audienz:

Und auch der Erzmufti von Reykjavík dringt in sie...

Doch Herrscherin Maria
ist noch unschlüssig…

Da stürzt der Page Ralf in den Audienzsaal.
Instinktiv findet er den richtigen Ton:

»Es sei!« antwortete die Weltherrscherin. Und endlich darf Jakob Stiefel aus dem Wasser gezogen werden…

Na endlich!
Das ging ja noch mal gut.
Aber wie geht es weiter?
Fortsetzung folgt!

# *Erlebnis in einem Biergarten*

Es war in einem Münchner Biergarten, da trat ein Fremder an den Tisch eines der dort Sitzenden, den wir einmal Balser nennen wollen, lupfte höflich seinen Hut und bat um eine Unterschrift. Es ginge da um einen Aufruf des Inhalts, daß Norwegen nicht türkisch werden dürfe, wenn der Herr bitte hier unterschreiben würde.
»Aber wieso soll Norwegen denn türkisch werden?« fragte Herr Balser erstaunt.
»Das soll's ja gerade nicht werden. Daher mein Aufruf. Wenn Sie also Ihre Unterschrift...«
»Sie verstehen mich nicht ganz. Gibt es denn irgendwelche Anzeichen dafür, daß Norwegen türkisch werden könnte?«
»Wenn hier jemand jemanden nicht versteht, dann sind ja wohl Sie es«, antwortete der Fremde, nun schon eine Spur lauter. »In meinem Aufruf steht nicht, daß Norwegen nicht türkisch werden kann, sondern daß es nicht türkisch werden darf. Und ich hoffe doch sehr, daß auch Sie dieser Meinung sind...«
»Ich?«
»Oder wollen Sie, daß Norwegen türkisch wird? Wollen Sie, daß die türkische Flotte Norwegen heimsucht? Daß über Oslo der Halbmond weht? Daß die wackeren Fischer der Lofoten in Zukunft Allah huldigen müssen? Soll das alles geschehn? Ja oder nein?«
»Nein«, sagte Herr Balser, »natürlich nicht, aber...«
»Na, dann sind wir ja einer Meinung! Wenn Sie jetzt also hier Ihren Namen...«
»Aber – und jetzt lassen Sie mich gefälligst ausreden –, aber wie kommen Sie eigentlich darauf, daß die türkische Flotte Norwegen heimsuchen könnte? Erklären Sie mir das doch mal bitte!«
»Die Flotte?« Für einen Moment schwieg der Fremde verdutzt, doch dann hellte sich sein Gesicht auf. »Ach so! Die habe ich doch nur erwähnt, um zu verdeutlichen, wie es aussehen könnte

– könnte, nicht müßte –, wenn Norwegen türkisch wird. Denn der Türke kann natürlich auch mit seiner Landstreitmacht anrücken. Via Rußland, Finnland und dann über Lappland... Aber...«

»Aber?«

»Aber ob der Russe es gestattet? Ziemlich unwahrscheinlich – oder?«

»Sehr unwahrscheinlich«, bestätigte Herr Balser. »Aber noch unwahrscheinlicher erscheint es mir, daß auch nur irgendein Türke auch nur die geringste Absicht hat, Norwegen zu besetzen. Und daher...«

Doch er kam nicht dazu, diesen Satz zu vollenden. »D'accord!« rief der Fremde mit Nachdruck. »Völlig d'accord! Die Türken – ich bitt Sie! Was sollen die denn in Norwegen? Wo sie es doch so schön warm in der Türkei haben! Halten Sie da mal die eisigen Fjorde dagegen, da sieht man doch sofort...«

»Mein Herr!«

»Ja?« fragte der Fremde.

»Mein Herr, wenn Sie selber zugeben, daß die Türken nicht die Absicht...«

»Nicht die geringste Absicht!«

»Nicht die geringste Absicht haben, Norwegen zu besetzen – was soll dann Ihr Aufruf?«

Der Fremde lächelte. »Ich dachte, das sei nun endlich klargeworden. Sie haben selbst zugegeben, daß Norwegen nicht türkisch werden darf. Die Norweger denken sicher ebenso. Die Türken sind, wie wir übereinstimmend feststellten, derselben Meinung, das heißt, daß jeder, aber auch jeder, der seine fünf Sinne beisammen hat, meinen Aufruf unterstützen muß. Wenn Sie also bitte Ihren Georg Wilhelm auf diese gestrichelte Linie...«

»Nein.«

»Nein? Dann wollen Sie also, daß unser germanisches Brudervolk unter der Willkür asiatischer Steppenbewohner...«

»Nein!«

»Na bestens! Bitte, hier ist mein Kugelschreiber, ja... da, auf die gestrichelte Linie... danke schön, Herr... Herr Balser!«

Und mit einem freundlichen Kopfnicken verabschiedete sich der Fremde, um sogleich an einem Nebentisch auf ein älteres Ehepaar einzureden.
»Norwegen«, hörte Herr Balser noch und »Der Türke…«

WERNER!
WERNER!
WERNER!
Werner!

NEIN, ICH VÖGEL SCHON LANGE NICHT MEHR, GENAUER SEIT DEM TAGE, DA ICH DAS ERSTE MAL EINE HIRSCHBRUNFT MITERLEBEN DURFTE...

... DAS WAR EIN SO MAJESTÄTISCHES SCHAUSPIEL...

... DASS MIR MEINE EIGENEN VERSUCHE IN DIESER RICHTUNG EINFACH LÄCHERLICH VORKAMEN ...

DAS KANN ICH MIR SEHR GUT VORSTELLEN, HERR OBERFÖRSTER!

DER MUSKETIER
UND DAS MEERSCHWEINCHEN
Personen: Ein Musketier und ein Meerschweinchen: , pardon, das ist natürlich kein Meerschweinchen, das ist der Bruder des Musketiers, das Meerschweinchen sieht natürlich so aus: Handlung: Der Musketier auf der Suche nach Gott trifft das Meerschweinchen... Folgender Dialog entwickelt sich....
MEERSCHWEINCHEN, ICH BIN EIN SUCHENDER...
SO?

JA...
WEN SUCHST DU DENN?
GOTT...
GOTT? PECH GEHABT! DEN HABE ICH GERADE GEFUNDEN!
O GOTT OGOTT!
ODER BIST DU GAR NICHT GOTT – HÄ?

# Der Skihase

KANDAHAR-BINDUNG IST MIST
BERLINGER-BINDUNG IST AUCH MIST!
ALLE BINDUNGEN SIND WIDERLICH!
DAS EINZIGE, WAS ZÄHLT, IST DIE FREIHEIT DER BERGE!

*Leute von heute*

# Ein verwirrender Moment im Leben des Ferry Krawatzko

Badegottesdienst im Solbad Hall. Andächig schaut Ferry Krawatzko zur Kanzel, die gerade vom Bäderpriester Bellmann bestiegen wird. Und noch jemand wartet auf die Worte des Gottesmannes. Ortrun Münemann, blond, fromm und gesammelt. Jetzt ist es soweit, Bellmanns Stimme füllt das weite Rund: »Liebe Schwestern und Brüder in Christo, ihr alle kennt das Gebot der Bibel: Du sollst ehebrechen...«

Ach so ist das! Schon schicken sich Herr Krawatzko und Frau Münemann an, das Bibelgebot zu erfüllen, da korrigiert sich Bellmann überraschend: »...äh... nicht ehebrechen!«

Na denn eben nicht! Eigentlich schade, aber wenn es der Bäderpriester so sieht, bitte sehr. Und trotzdem: will es jemand dem Ferry verdenken, wenn er sein »Hallelujah« am Ende der Predigt einen Tick rauchiger und sinnlicher herausröhrt als gewohnt? Ich bestimmt nicht, und Ihnen möchte ich es auch nicht geraten haben. Ferry hat es nämlich nicht gerne, wenn man ihm etwas verdenkt, gar nicht gerne...

## Der lange, aber tragische Kampf des Emil Buchheister

Bielefeld, 1917. Während der großen Volkszählung wird auch Emil Buchheister erfaßt. Liegt es an seiner Zerstreutheit, sind seine Gedanken gerade wieder beim Eumeln? Gleichviel, er gibt sein Alter irrtümlicherweise mit 92 statt mit 29 Jahren an. Tags darauf erhält er Besuch. In Begleitung zweier Pfleger erscheint ein Arzt, erklärt ihn nach oberflächlicher Untersuchung für völlig vergreist und ordnet seine sofortige Einlieferung in das nächstbeste Altersheim an. Zwei Stunden später schon findet sich Emil zwischen Omas und Mümmelgreisen wieder... »Aber ich bin doch noch jung!« begehrt er auf.
»Das sagen alle, die hier eingeliefert werden«, erklärt der Direktor ungerührt. Die Tore des Altenheims schließen sich hinter Emil – wie es scheint für immer...
Doch er gibt nicht auf. Er kämpft um seine Entlassung. Legt Führungszeugnisse vor. Geburtsurkunden. Ausweispapiere. Nichts fruchtet. Emils Heimgenossen sterben, neue kommen, Emil kämpft. Keiner glaubt ihm, er kämpft weiter. Die Jahre vergehen. Ja, wird er denn nie mehr zu seinem Recht kommen?
Doch, doch. Im Mai 1970 greift das Kammergericht Bielefeld seinen Fall auf. Und nun kommt alles raus: die irrtümliche Altersangabe von 1917, die sträfliche Oberflächlichkeit des untersuchenden Arztes, einfach alles. Unter dem Beifall des Publikums annulliert Richter Crusius Emils Einweisung, stellt ihm eine angemessene Entschädigung in Aussicht, schon schreitet Emil Buchheister auf die dünne Tür zu, die ihn noch von der Freiheit trennt, da meldet sich der Staatsanwalt zu Wort: »Ach, Herr Buchheister, eine Routinefrage...«
»Ja?«

»Wie alt sind Sie eigentlich?«
»Ich? Jetzt? 92!« entgegnet Buchheister arglos.
»Danke, das genügt.«
Ein Wink des Staatsanwalts, schon haben zwei Pfleger Emil untergehakt, und im Sauseschritt geht es dahin zurück, woher er gekommen war. Ins Altenheim.
Im Kammergericht Bielefeld aber schließt Richter Crusius die Akte Buchheister für immer und ordnet ihre Ablage in der Mappe »Besonders tragische Fälle« an. Und wer ihm dabei zugeschaut hätte, der hätte wohl auch das Tränlein erblicken können, das sich ihm dabei aus dem Auge stahl und den Weg zum Ohr suchte.
Ihn aber nicht fand...

## Der Fall Binder

Schauplatz: eine Knäckebrotmine in Schleswig-Holstein. Eine kleine Mannschaft arbeitet dort, die dem harten Schoß der Mutter Erde Tag für Tag den begehrten Knäcke abgewinnt: Herbert, Paul, Jupp und Georg. Vier Herzen, die anscheinend nur einen Gedanken kennen: KNÄCKE! Doch der Eindruck täuscht. Denn in Wirklichkeit sind sie nur hinter einem her. Genauer gesagt: hinter einer. Frl. Binder von der Lohnbuchhaltung. Eine Frau, wie sie im Buch steht, und zwar in... na... die »Buddenbrocks« waren es jedenfalls nicht. Egal. Ein Teufelsweib, dieses Frl. Binder. Allen vieren hat sie den Kopf verdreht, alle vier haben nur einen Wunsch, wenn sie auf der 800-Meter-Sohle in den steinharten Knäcke hacken: Fräu – lein – Bin – der, Fräu – lein – Bin – der! So kann es nicht weitergehen. Wie aber dann? Unerwartet: ein junger, gutaussehender Lohnbuchhalter wird eingestellt. Schultern wie ein Abschleppseil, Hüften wie die B 42. Und intelligent! Ein so schwieriges Wort wie »Rike« kann er mit geschlossenen Augen rückwärts buchstabieren. Dabei eine Seele von Mensch. Keiner Fliege kann er etwas zuleide tun. Doch das Frl. Binder ist keine Fliege. So kommt es, wie es kommen muß:

Eines Abends, als Herbert, Paul, Jupp und Georg an der Lohnbuchhaltung vorbeischlendern, sehen sie, wie in dem hell erleuchteten Büroraum der Lohnbuchhalter in die Lohnbuchhalterin eindringt. Und da reift in ihnen ein teuflischer Plan. Sie locken den Lohnbuchhalter unter einem nichtigen Vorwand aus der Lohnbuchhalterin, das dauert zwar seine Zeit, aber schließlich kommt er raus, etwas weich in den Knien, ist ja verständlich – und wenn jemand dafür Verständnis hatte, dann Herbert, Paul, Jupp und Georg (d. h. Jupp verstand es erst drei Jahre später auf dem Sterbebett, und das wiederum versteht nur der ganz, der sich jemals mit Frl. Susi Sterbe, ja, der Kleinen, Drallen aus Berlin-Britz, eingelassen hat – aber worum ging es denn überhaupt?) – der Lohnbuchhalter kommt also raus, fährt sich verlegen durch die Schamhaare und fragt: »Ist was?«
Die vier schweigen verdutzt. Alles hatten sie erwartet, nur nicht diese Frage. »Was soll schon sein?« brummt Herbert schließlich. »Nicht, daß ich wüßte«, druckst Paul. »Wie kommen Sie denn darauf?« meint Jupp, und Georg zischt, daß er »diese Fragerei, diese überfallartige« satt habe, was ihn beträfe, er werde jetzt noch im Solber-Eck einen sicherstellen. Die anderen schließen sich ihm an, und beim 15. Klaren erwachen ihre Lebensgeister wieder: Nach kurzer Beratung zogen sie los, kauften sich gefälschte Fahrkarten, färbten sich die Schuhe, rasierten die Waden und fuhren, auf diese Weise unkenntlich gemacht, schnurstracks in die große Stadt Berlin und zündeten dort den Funkturm an.

## Ralf und Herbert

*»Hat die Literatur Folgen?« – Diese Frage des alten Gretchen erscheint seit kurzem in einem neuen Licht. Das Leben nämlich schrieb unlängst wieder eine seiner Geschichten, faktenreich wie immer, inhaltslos wie selten, Achtung, Achtung, wir nähern uns der Grenze des guten Geschmacks, bitte halten Sie die Ausweispapiere bereit, here we go:*

Ralf, so nennen wir einen Erleichterungstrinker im besten Mannesalter, liebte es, sich Abend für Abend im Schoß der Familie vollaufen zu lassen, als ihm in einer ruhigen Stunde...

...der Otto-Katalog in die Hände fiel. Diese Lektüre veränderte sein Leben von Grund auf. »Nicht der eitle Suff, sondern der Besitz von soliden Sachwerten macht den Menschen glücklich« – Gedanken dieser Art beschäftigten ihn fortan so sehr, daß er damit begann...

…sie auf Tonband festzuhalten, in der Absicht, sie später schriftlich niederzulegen. Das tat er dann auch, und sein Buch…

…»Geld macht glücklich« fiel Herbert, einem noch suchenden jungen Mann, in die Hände. »Soo ist das also!« dachte der, lieh sich einen Revolver und einen Eisenhut und…

…überfiel Monsignore Kreizel SJ, der gerade mit den fälligen Schmiergeldern auf dem Wege zum Heiligen Stuhl war. Das erbeutete Geld aber legte er (Zufall?)…

…in zwei wunderschönen Stühlen an, die er stolz den Besuchern präsentierte, wenn er es nicht gerade vorzog – und er zog es in der Tat ständig vor –…

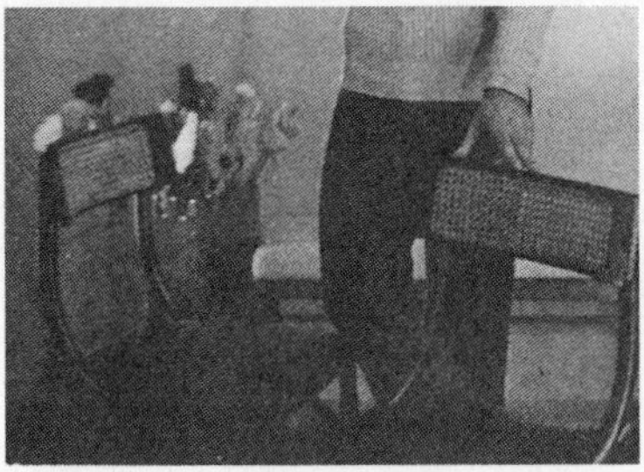

...kein Wunder bei diesen Stühlen...

...sich von seinem blonden Gift Gisela am Strand einen abrubbeln zu lassen. Doch ob es *dazu* Ralfs, seiner Lektüre, seines Buches, Herberts Lektüre, des unseligen Überfalls und der Stühle (die vergessen wir mal ganz schnell!) überhaupt bedurft hätte?
Mit anderen Worten: Hat die Literatur Folgen?

*Das Leben, danach befragt, verweigerte zunächst eine Antwort, indem es Arbeitsüberlastung vorschützte, bequemte sich schließlich aber doch zu einer Stellungnahme und sagte etwas, das wie »Wohesollnichtaswissn« klang.*
*Manche freilich, die dabei waren, wollen auch etwas anderes verstanden haben. Etwas wie »Weissichtochnich« oder »Aiaiaiaiai« oder auch »Schraps«.*

# *Der Fluch*

ICH MUSS IHNEN ETWAS ANVERTRAUEN: ICH HEISSE GEORG SCHRAGEL UND AUF MIR LASTET EIN FLUCH...
ICH HABE NÄMLICH VER-SEHENTLICH MEINEN VATER ERMORDET...
...UND DANN IRRTÜMLICHER-WEISE MEINE MUTTER GEHEIRATET...
WAS SAGEN SIE? ÖDIPUS? SEHEN SIE: DAS SAGEN ALLE...

...ALLE, DENEN ICH MEINE GESCHICHTE ERZÄHLE... IMMER KOMMEN SIE MIT DIESEM ÖDIPUS...
ÖDIPUS, ÖDIPUS ÖDIPUS...
WAS HAT DENN DER BESONDERES GELEISTET? SEINEN VATER UMGEBRACHT UND DIE MUT-TER GEHEIRATET!
DAS HABE ICH AUCH GETAN! ABER SPRICHT JEMAND VON MIR?
GIBT ES EINEN GEORG-SCHRAGEL-KOMPLEX?
NEIN! ABER ALLE WELT REDET VON DIESEM ÖDIPUS... NA JA... AUF MIR LASTET EBEN EIN FLUCH...

## *Freiheit und Bindung*

# Wenn Worte reden könnten

Ein junger Schriftsteller hatte einem Verlag ein Manuskript geschickt. Lange hörte er nichts von ihm, doch eines Tages bekam er eine Karte. Da er doch in derselben Stadt wohne, wolle der Lektor des Verlages ihn gerne sprechen. Am nächsten Tag erschien der Schriftsteller im Verlag.

»Ich habe Ihren Roman gelesen«, sagte der Lektor nach einleitenden Sätzen. »Er ist nicht sehr gut, zu vieles ist reichlich allgemein gehalten, anderes uninteressant. Aber da war ein Satz, der mir seit der Lektüre nicht mehr aus dem Kopf gehen will. Manchmal glaube ich, ihn zu verstehen, doch dann kommen mir wieder Zweifel. Daher wollte ich Sie selbst einmal sprechen. Sie beschreiben hier im 5. Kapitel, wie Kinder mit einem Gummiball, einem ›bunten Ball‹, um Sie zu zitieren, spielen, dann wirft ihn einer der Jungen ganz weit weg, und dann schreiben Sie: ›Wie ein graues Ungetüm lag der Ball auf der grünen Wiese.‹ Wie meinen Sie das?«

Der Schriftsteller dachte etwas nach. »Sie haben recht!« sagte er schließlich. »Das ist nicht gut formuliert. Ich hätte sagen sollen: ›Wie ein Ungetüm aus grauer Vorzeit lag der Ball auf der grünen Wiese.‹«

Der Lektor sah ihn mißtrauisch an. »Meinen Sie, daß der Vergleich jetzt besser klingt?«

»Eigentlich nicht«, antwortete der Autor. »Die erste Fassung ist knapper. Die zweite Fassung ist zu überladen. Vielleicht sollte man so sagen: ›Der Ball, ein Ungetüm aus grauer Vorzeit, lag etc.‹ Oder: ›Der Ball, ein graues Ungetüm, etc.‹ Das ist wohl besser.«

»Ich will Ihnen den Satz noch einmal vorlesen«, sagte der Lektor und tat es. »Fällt Ihnen denn gar nichts auf!«

»Ja und nein«, entgegnete der Autor. »Kann ich das Manuskript noch einmal haben?«

Der Lektor gab es ihm.

»Ach so«, sagte der Verfasser nach einiger Zeit. »Sie stoßen sich

natürlich an dem ›auf der grünen Wiese‹. Das ist in der Tat ziemlich banal. Wie wäre es mit ›auf der pechgrünen Wiese‹? Das gibt dem Ganzen mehr Farbe, nicht wahr?«
»Sagten Sie ›pechgrüne Wiese‹?«
»Ja, wieso? Meinen Sie, daß das nicht ganz trifft? Dann sagen wir doch ganz einfach: ›auf der blitzgrünen Wiese‹!«
»Na schön«, sagte der Lektor. »Aber wir sind vom Thema abgekommen. Wie, schreiben Sie, lag der Ball auf der Wiese?«
»Wie ein graues Ungetüm.«
»Aber vorher sagen Sie doch ausdrücklich, daß es ein bunter Ball ist!«
»Ach ja«, rief der Autor aus, »so etwas Dummes! Ich hätte schreiben sollen: ›wie ein buntes Ungetüm lag der Ball etc.‹«
»Und das trifft Ihrer Meinung nach?« fragte der Lektor.
»Ja«, erwiderte der Autor. »Vielleicht ist ›lag‹ noch etwas schwach. Wäre ›thronte‹ besser? Oder ›kauerte‹? Nein ›kauerte‹ ist nicht gut.«
Der Lektor sah den Schriftsteller an. »Das sehen Sie also wenigstens ein«, sagte er dann leise, doch man sah, daß er sich mühsam beherrschte.
»Ja«, entgegnete der Autor. »›Lag‹ ist zu matt.«
»Nein«, rief der Lektor, »daß ein Ball nicht kauern kann.«
»Ach so! Ja, ›kauern‹ ist tatsächlich sehr unbildhaft. Das sagt eigentlich nichts über die spezifische Art aus, wie der Ball daliegt.«
»Und wie liegt er da?«
»Wie ein graues Ungetüm.«
»Nein«, schrie der Lektor. »Dann sagen Sie doch wenigstens ›wie ein buntes Ungetüm‹! Wobei ich noch immer nicht weiß, wieso ein Ball, ein Gummiball, wie ein Ungetüm auf einer Wiese liegen kann? Das ist es doch, worüber ich seit Wochen grübele. Wie kommen Sie darauf, einen Ball mit einem Ungetüm zu vergleichen?«
»Sie haben recht«, sagte der Autor. »›Ungetüm‹ ist nicht gut. Aber was könnte man statt dessen sagen? ›Wie ein bunter Strauß‹ vielleicht? Das stellt die Beziehung zur Wiese her, das ist ziemlich treffend, oder?«

»Sie haben sich also nichts bei dem Vergleich gedacht?« fragte der Lektor.
»Doch! Bunter Ball, bunter Strauß, grüne Wiese – das ist doch einleuchtend!«
»Nein. Vielmehr ja. Ich meine den anderen Vergleich. Den mit dem Ungetüm. Dahinter steckte keine Absicht? Oder doch? Sie müßten es doch eigentlich wissen!«
»Eigentlich war der Vergleich nicht absichtlich.« Der Autor schaute den Lektor an. »Er floß mir, wie man so sagt, aus der Feder. Ich schreibe viele Dinge spontan hin, weil es mir vor allen Dingen um eine frische Sprache geht. Wenn man zu lange an einem Abschnitt arbeitet, geht der eigentliche Reiz verloren. Verstehen Sie, was ich meine?«
Der Lektor stand auf und trat ans Fenster.
»Sie haben sich also nichts dabei gedacht«, sagte er so leise, als ob er zu sich selbst spräche. »Es war mit einem Wort Unsinn, wie? Aber ich mußte einen Sinn dahinter suchen, mich ließen Sie…«
»Werden Sie meinen Roman nun drucken?« unterbrach ihn der Autor.
»Nein«, sagte der Lektor. »Wir werden ihn nicht drucken. Wenn Sie nun die Freundlichkeit hätten, durch jene Tür zu gehen, die wie…« Er geriet ins Grübeln und sah schweigend zu, wie der Autor seinen Roman nahm und sich verabschiedete.

An diesem Tag aber rührte der Lektor kein Manuskript mehr an, und übereinstimmend versicherten ihm seine Freunde in den darauffolgenden Wochen, daß er sich irgendwie verändert habe. Doch er schwieg zu alledem.

Tag Emil, alter Ganove, wie geht's?
's geht!
GOLD

# Herr Wesel in Nöten

Was bisher geschah:
Seit dem Krieg haben sich Abel und Bebel, die ungleichen Brüder, nicht mehr gesehen. Da führt sie ein Zufall in der Bahnhofsgaststätte Rychwil zusammen. Betroffen müssen sie feststellen, daß sie einander nichts zu sagen haben. Zur gleichen Zeit erfährt Bahnhofsgendarm Bünzli, daß im gerade abfahrenden Orient-Expreß ein niederträchtiges Verbrechen geschehen soll. In letzter Minute versucht er, ihm Einhalt zu gebieten…

Da geschieht etwas, womit niemand rechnen konnte. Richard Münch kommt hereingeschneit. Schockiert stellt er fest:
Zustände wie im…
…alten Rom!

Währenddessen versucht Abel, in einem Anlauf zu klären, ob er seinem ungleichen Bruder Bebel nicht doch etwas zu sagen hat:
Tja… Hm… Äh… Je nun…
Wird ihm noch etwas einfallen? Und wenn ja – was? Und das geplante Verbrechen, was wird aus dem? Fortpflanzung folgt!

WEN LIEBST DU
NUN EIGENTLICH?
DEN MAULWURF ODER
MICH?

NUN GEH DOCH HIN
ZU DEINEM MAUL-
WURF ....

GEH DOCH HIN,
GEH DOCH HIN!

MEIN GOTT, MEIN GOTT,
NUR DU ALLEIN WEISST,
WIE ICH DIESE FRAU
EINMAL GELIEBT
HABE!

WOLLEN SIE MAL EINEN
SEEHUND SEHEN, DER
HART IM NEHMEN IST?

SCHAUEN SIE SICH DEN AN ....
... PASSEN SIE MAL AUF ...
DER FREUT SICH NOCH, WENN ER EINEN GE-WISCHT KRIEGT!

# Die Überraschung

# *Der Neue*

Wie beginnen? Und wie aufhören?
Es war an einem Mittwoch, als der neue Abt im Kloster San Genaro eintraf. Seltsam genug kam er mit einem Knappsack, aber zu Fuß. Er liebe das Wandern, sagte er wie zur Erklärung. Deshalb sei er schon zu nachtschlafender Zeit in der Kreisstadt P. aufgebrochen, sein Weg habe ihn durch bemerkenswert schöne Landstriche geführt. Nun sei er hier.
Die Fratres musterten ihn neugierig. Der alte Abt, der sie vor einem Monat verlassen hatte, um Eremit zu werden, war ein hagerer, langer gewesen. Der neue war ein gedrungener, dicker. Die Mönche wußten nicht recht.
Der Älteste trat schließlich einen Schritt vor, räusperte sich und sagte: »Nicht, daß ich Ihre Legitimation bezweifeln wollte…« Er geriet ins Stocken.
»Dann ist ja alles in Ordnung«, versetzte der neue Abt, worauf sich der Älteste verwirrt wieder in den Halbkreis der Mönche einordnete.
»Ein nettes Kloster haben Sie hier.« Wollte der neue Abt mit diesen Worten das Eis brechen?
»Es stammt aus dem 14. Jahrhundert. Alles echt!« Frater Bonifaz klopfte zur Bekräftigung an das Portal. »Sandstein. Massiv Sandstein.«
Da wollte Frater Benedikt nicht zurückstehen. »Und schauen Sie mal, der Glockenturm, da drüben.«
Der neue Abt schaute in die angezeigte Richtung. »Donnerwetter!« entfuhr es ihm.
Später sollte sich herausstellen, daß diese Überraschung geheuchelt war.
»Wenn ich jetzt einen Blick auf die Innenräume werfen könnte?« Er schaute den Ältesten durchdringend an, doch dieser hielt seinem Blick nicht stand.
»Bitte kommen Sie nur.«
Die Mönche traten beiseite und ließen den neuen Abt durch.

Der wandte sich ostentativ an den Ältesten. »Wo geht's lang?«
»Da geht's lang.«
Sie durchquerten die Vorhalle, in der eine holzgeschnitzte Pieta stand.
»Damit ich es nicht vergesse, die kommt weg«, ordnete der neue Abt an.
»Aber wohin?« Der Älteste schien verwirrt.
»Wohin? Irgendwohin. Meinetwegen in den Glockenturm.«
»Aber das ist doch eine Pieta!«
»Das da?«
»Eine Leidensgruppe. Das ist die Madonna. Sie hält den toten Christus. Sie weint. Schaun Sie nur!«
»So? Ist aber alles aus Holz.«
»Trotzdem, so was gehört nun mal nicht in den Glockenturm.«
Der neue Abt hatte nicht mit soviel Widerstand gerechnet.
»Das kommt in den Glockenturm. Nein, auf den Glockenturm. Und zwar ganz oben drauf. Auf die Spitze.«
»Auf die Spitze?«
»Aber das geht doch nicht!«
»Das geht. Passen Sie auf: so. Da macht man oben eine Zementplattform, und auf der wird die Holzgeschichte hier mit Krampen befestigt. Hat jemand was zu schreiben da?«
Frater Benedikt drängte sich eilfertig an die Seite des neuen Abtes und zeigte seinen Kugelschreiber. »Reicht das hier?«
Später sollte ihn diese Geste viele Sympathien kosten.
»Das reicht. Schreiben Sie auf: Krampen besorgen.«
»Sehr wohl. Krampen. Wie viele?«
Der neue Abt schaute auf den Fußboden und sein Gesicht wurde düster.
»Wie soll ich das wissen? Vielleicht sieben?«
Er schien zu merken, daß das Barometer dabei war, zu seinen Ungunsten umzuschlagen. Er glaubte wohl, irgendwas unternehmen zu müssen. Anders sind seine folgenden Worte nicht zu verstehen. Das muß man sich vor Augen halten.
Denn auf einmal lächelte er fast jungenhaft und wandte sich an den Ältesten, faßte ihn sogar an der Kutte und flüsterte: »Sagen Sie mal, kann man hier irgendwo beten?«

Gemurmel unter den Mönchen. Hier und da echte Feindseligkeit. Der Älteste schien verwirrt, da er nicht wußte, wie er sich verhalten sollte. Daher wandte er sich zuerst an die Mönche. »Er hat gefragt, ob er hier irgendwo beten kann.«
Dann richtete er das Wort an den neuen Abt: »Muß es gleich sein?«
»Nein, das hat Zeit bis später.«
Doch vordergründig hatte der Abt sein Ziel erreicht. Die Mönche traten näher an ihn heran und begannen ungefragt durcheinanderzureden.
»Beten hat er gesagt.«
»Beten – das lob ich mir!«
»Man sollte eigentlich viel öfter beten, da hat er recht.«
»Wie ich das letzte Mal gebetet habe, da ist mir ein Wunsch in Erfüllung gegangen!«
Der Abt lächelte befriedigt. Seine Rechnung schien aufzugehen. Er winkte Bruder Priskop heran.
»Was war denn das für ein Wunsch?«
»Ich hatte mir Frieden gewünscht.«
»So? Und was hast du erhalten?«
»Frieden.«
»Immerhin etwas«, sagte der neue Abt.
Nur zu bald sollte ihm klarwerden, daß er diese Redewendung besser unterlassen hätte. Vorerst allerdings war er wieder ganz obenauf.
»Komm, Bruder, wir stehen schon viel zu lange hier in der Eingangshalle rum. Wo geht's denn weiter?«
Eilig schritten sie nun durch den Kreuzgang, als der neue Abt plötzlich vor einer Säule stehenblieb.
»Das kommt mir auch weg!«
Einwände duldete er nicht. Die störe. Die sei ein Schandfleck und falle übel auf. Die müsse so angebracht werden, daß alle etwas von ihr hätten.
»Und wo?«
Seinetwegen auf dem Glockenturm. Neben der Pieta.
Unter den Mönchen erhob sich Widerspruch.
»Alles eine Frage der Krampen«, sagte der neue Abt. Die Säule

müsse festgekrampt werden. Sonst dürfe man sich nicht wundern, wenn sie eines Tages jemandem auf den Kopf falle. Beispielsweise einem Maultier.

Das Beispiel zog nicht.

»Oder dem Prior.«

Das Beispiel zog.

Vor der Tür des Refektoriums hielt der Älteste einen Moment inne.

»Wir werden jetzt das Refektorium betreten«, sagte er zum neuen Abt gewandt, »nur damit Sie wissen, was das hier ist.«

Doch der Abt winkte ab. Das habe Zeit bis später. Refektorien sei er leid, die ständen ihm bis hier. Schlafräume wolle er auch nicht sehen. Die Klosterküche könne ihm gestohlen bleiben. Die Kapelle könne warten. Nein, die Klosterkasse – wenn er einen Blick in die Klosterkasse...

Ein Läuten unterbrach seinen Redefluß. Das Schicksal schien ihm noch einen letzten Aufschub gönnen zu wollen.

»Das Vesperläuten.«

Die Mönche strömten in die Kapelle, der Abt schloß sich ihnen an. Er mußte wohl so handeln, doch nachträglich sollte er sich noch oft für diesen Schritt verfluchen.

Denn auf einmal sah er sich einer Kanzel gegenüber. Und hinter der Kanzel funkelte ein in Juwelen gefaßtes Kruzifix aus der Apsis.

»Das nehme ich«, rief er spontan.

Diese Worte hätte er besser unterlassen. Aber hundert Pferde vermögen ein einmal ausgesprochenes Wort nicht zurückholen. Doch vorerst sah sich der neue Abt in seiner eigenen Schlinge gefangen. Was um ihn herum vor sich ging, gefiel ihm nicht. Irgendwie schien das alles zum Ritual auszuarten. Er beschloß, die Gelegenheit beim Schopf zu ergreifen. Freilich nur, um alles schlimmer zu machen, wie er bald merkte.

»Hat jemand eine Bibel dabei?« rief er in die plötzlich eingetretene Stille.

Der Älteste reckte sein Kinn in Richtung Kanzel.

»Ach ja, dort, natürlich so was Dummes. Na, was haben wir denn hier?«

In den hinteren Reihen wurde es unruhig.
»Er blättert ein bißchen viel, der Neue!«
»Sieht so aus, als ob er das Lukasevangelium nicht findet.«
Es fielen noch weitere spitze Bemerkungen. Der neue Abt erkannte, daß er etwas tun mußte.
»Ruhe dahinten!« brüllte er. Und dann begann er eine unglaublich schnelle Exegese, die in der Forderung gipfelte, daß die Klöster eine Aufgabe zu erfüllen hätten, gerade heute.
Das kam gut an und – wer weiß – vielleicht hätte er sein Spiel noch gewonnen, wenn sein Blick nicht plötzlich an der Orgel hängengeblieben wäre.
»Die kommt auch weg! Und zwar…« Er schaute Frater Benedikt an. »Schreiben Sie: Krampen. Soviel Sie kriegen können. Krampen!«
Das Getuschel, das nun ausbrach, war unbeschreiblich. Der Älteste schaute die neben ihm sitzenden Fratres an und erhob sich dann. »Wir gehen wohl besser!«
In der Tür der Kapelle stieß er mit einer hochgewachsenen Gestalt zusammen, von der eine starke persönliche Ausstrahlung ausging. Es war der echte neue Abt.
Der Rest ging im Tumult unter.

Spätabends, bei einem Gläschen Wein in der Kloster-Kellerei, berichtete der echte neue Abt, wie es zu dem peinlichen Zwischenfall hatte kommen können.
»Der falsche neue Abt war nichts weiter als ein Gelegenheitsarbeiter, der wohl in P. gerüchteweise davon gehört hatte, daß in San Genaro ein neuer Abt erwartet wurde. Dieses Wissen machte er sich zunutze, indem er ein geistliches Gewand auslieh – oder selbst schneiderte – und mir hier zuvorkam. Glücklicherweise verhinderte das Vesperläuten seinen zweifellos beabsichtigten Zugriff zur Klosterkasse. Mein – für ihn unerwartet frühes – Auftauchen tat ein übriges.«
Der Älteste nickte beifällig und drehte sein Glas, um die Farbe des Weines zu prüfen.
»Aber eins bleibt mir dennoch unklar. Wieso hat der Betrüger überhaupt diese ganze Komödie arrangiert?«

»Geld. Das ist der Schlüssel zu allem. Der Drang, möglichst schnell reich zu werden«, entgegnete der neue Abt. »Und der falsche Abt ist sicher nicht der erste, den dieser Wunsch hinter schwedische Gardinen gebracht hat.«
»Und wohl auch nicht der letzte«, erscholl es aus dem Hintergrund. Und das war wieder mal echt Bruder Bonifaz.

# *Ein Mann aus Galiläa*

Zeit: Irgendwann um die Zeitenwende
Ort: Irgendwo in Galiläa
Hauptperson: Ein Mann aus Galiläa, der ein Problem auf dem Herzen hat...

Drei Schafe? Kann's nicht ein bißchen mehr sein…

…Herr im Himmel?!
Und der Herr im Himmel hatte ein Einsehen und sandte seinem Sohn einen ganzen Schwung Schafe, worauf der fröhlich heimwärts eilte und ausrief:

Jungs! Setzt Wasser auf, es gibt was zu spachteln!

Wird sich unser Hobbykoch von diesem Schlag erholen? Werden die Jungs nach dieser Pleite weiter zu ihm halten? Und was sagt Derdaoben zu dem Schlamassel?
Versäumen Sie nicht die nächste Folge! Sie trägt den Titel: Judas, tu das!

Das Janusgesicht des Erfolges

*Geschichte in Geschichten*

## Der betrogene Betrüger

Noch heute wird den Besuchern der Wartburg ein Tintenfleck in der Studierstube Martin Luthers gezeigt und dazu jene bekannte Geschichte erzählt, nach der der Teufel Luther bei dessen Bibelübersetzung stören wollte und ihn deshalb »versuchte« – wobei die Art der »Versuchung« merkwürdigerweise nie näher beschrieben wird. Daraufhin, so endet die herkömmliche Version, habe Luther vor lauter Wut sein Tintenfaß ergriffen und nach dem Teufel geschleudert, so sei der bis auf unsere Tage erhaltene Fleck entstanden.

Eine ebenso schöne wie unwahre Geschichte. Denn neuere Dokumentenfunde, eine von Luther unterzeichnete Quittung über einen Kasten Bier z. B., lassen einen völlig anderen Hergang vermuten.

Am 1. Mai 1521 hatte Luther seine Studierstube in der Wartburg bezogen, um in Ruhe und Sicherheit an seiner Bibelübersetzung zu arbeiten, doch schon nach wenigen Tagen hatte er unter den Klagen des gewissenhaften Schloßkastellans und dessen Ehefrau zu leiden, die sich gemeinsam ständig über die Unordnung in Luthers Zimmer und die Nachlässigkeit des Reformators beklagten. Erst wenn wir das wissen, können wir die weiteren Ereignisse verstehen.

Es war tatsächlich der Teufel, der in der Nacht vom 12. auf den 13. 8. 1521 Luthers Studierstube betrat, um einen geradezu teuflischen Plan in die Tat umzusetzen.

»Man behauptet, du seist treffsicher«, sagte er listig zu dem Reformator, der immer noch über den Satz »Im Anfang schuf Gott« brütete. »Bin ich auch«, entgegnete er, froh über etwas Ablenkung.

»Würdest du mit – sagen wir mal – mit diesem Tintenfaß die Fliege da hinten auf der Wand treffen?« fragte der Teufel.

»Allemal!«

»Glaub ich nicht.«
»Wetten?«
»Um einen Kasten Bier oder um dein Seelenheil?« wollte der Beelzebub, der seinen Plan gelingen sah, wissen.
»Bier«, sagte Luther, griff nach dem Tintenfaß und schleuderte es gegen die Wand. Unverletzt summte die Fliege davon.
»Morgen hole ich das Bier ab«, sagte der Teufel grinsend und verschwand.
Am nächsten Tag aber eignete sich genau das, was der Böse beabsichtigt hatte. Die Frau des Kastellans entdeckte den Fleck, als sie Luther das Frühstück brachte, alarmierte ihren Mann, und der glaubte nun endlich eine Handhabe gegen den ungebetenen Gast zu besitzen. So gehe das ja nicht, brüllte er den Reformator vor versammelter Mannschaft an, die Wand sei gerade erst renoviert worden, am Ersten könne Luther seinen Koffer packen, seine Übersetzung solle er sich an den Hut stecken, er werde jedenfalls nie wieder an Reformatoren vermieten...
Woraufhin Luther, der nun endlich den Zweck der Teufelswette – die Unterbrechung, wenn nicht Verhinderung seiner Übersetzung – begriff, das sattsam bekannte Märchen, das bis heute erzählt wird, auftischte. Grollend gab sich der Kastellan mit dieser Version zufrieden, erklärte aber, daß Luther den Fleck auf eigene Kosten zu entfernen habe, was der zerstreute Reformator jedoch prompt vergaß. Der Teufel aber, der als betrogener Betrüger am nächsten Abend sein Bier abholte, hat sich von diesem Schlag bis heute nicht erholt; die Bibelübersetzung konnte – dank einer Notlüge – fertiggestellt werden, und der christliche Glaube ist heute gefestigter und einiger denn je.

## Ein Malerschicksal

Marc war Maler. Blutjung und talentiert. Das dachte jedenfalls seine Geliebte Bela, und sie war fest davon überzeugt, daß die Kunsthändler eines Tages genauso denken würden. Eines Tages... Denn noch konnten sie sich nicht mit Marcs kühnem Malstil befreunden. Und so lebten die beiden denn, da man von Luft und Liebe allein nicht leben kann, von Weißbrot und Aufschnitt, der freilich oft mager genug ausfiel. Doch wenn es dann noch zu einem Becher Wein langte, so sah die Zukunft gleich rosiger aus.

»Morgen versuche ich es noch mal bei Berteau«, sagte Marc und zog Bela auf das fleckige Sofa. »Der war das letzte Mal eigentlich schon ganz entgegenkommend. Stellte natürlich die üblichen Fragen. Warum malen Sie eigentlich grüne Kühe? Was sollen die Menschen, deren Kopf verkehrt herum auf den Schultern sitzt? Und wo gibt es Hähne, die Geige spielen? Aber er hörte mir wenigstens zu und warf mich nicht gleich hinaus wie die anderen. Mal sehen...«

Doch am nächsten Abend fand Bela, von ihrer Putzstelle zurückkehrend, einen sehr viel weniger fröhlichen Marc vor.

»Nichts?«

»Nein. Er ließ mich überhaupt nicht zu Ende reden. Sagte, ich sei verrückt. Ich darauf: Das sagen Sie. Er: Das sag nicht nur ich, das sagen alle. Ich: Einmal werden meine Bilder verstanden werden. Er: Männer, die auf dem Dach Geige spielen und nackte Frauen, die in der Luft schweben, wird niemand je verstehen. Ich: Doch...«

»Und?«

»Und dann hat er mich hinausgeschmissen.«

Bela versuchte, Marc zu trösten, doch sie merkte, wie er mit der Zeit den Mut verlor. Sie redete ihm gut zu. Dann malte er wieder etwas, eine Standuhr mit Flügeln. Doch nach einer weiteren Absage – der wievielten? – rührte er keinen Pinsel mehr an.

»Ich glaube an dich!« sagte Bela. »Das genügt nicht«, erwiderte Marc. »Eines Tages wirst du...« »Daran glaube ich nicht mehr...«

Als Bela am nächsten Abend nach Hause kam, war der Raum leer.

»Wo sind denn die Bilder?«

Marc deutete auf den qualmenden Ofen.

»Alle?«

»Alle.«

Bela weinte etwas. Marc wurde Kunsttischler. Sie heirateten und führten eine recht glückliche Ehe.
Vielleicht sollte man zum besseren Verständnis noch hinzufügen, daß es sich um Marc und Bela Krutznick handelte und die ganze unselige Geschichte zwischen 1598 und 1611 spielt.

## Die Großmut des Mächtigen

*Eine Szene aus dem Dreißigjährigen Krieg*

*Auf der hell erleuchteten Bühne ist ein Zeltlager aufgebaut. Das Zelt Gustav Adolfs ist größer als die anderen, an seiner Spitze weht die schwedische Fahne. Zur Linken drei Landsknechte, die beim Essen einer Marketenderin zuschauen, die sich entkleidet. Vor dem Zelt Gustav Adolfs zwei Wachen, die während der folgenden Szene auf und ab gehen. Das hat sehr exakt zu geschehen.*
*Die Marketenderin, mit dem Rücken zum Publikum, zieht ein Jäckchen aus. Der Boden ist schon mit vielen Kleidungsstücken bedeckt.*
1. LANDSKNECHT: Da ist ja noch was drunter!
2. LANDSKNECHT: Die hat eine Menge an, bei Gott!
3. LANDSKNECHT: Wie lange geht denn das schon?
*Von links kommt ein vierter Landsknecht.*
4. LANDSKNECHT: Zieht die sich aus?
2. LANDSKNECHT: Mach doch deine Augen auf!
4. LANDSKNECHT: Bei Gott, das muß ich meinen Leuten sagen.
*Schnell ab.*
*Die Marketenderin zieht einen Schuh aus. Von rechts kommt ein fünfter Landsknecht.*
5. LANDSKNECHT: Warum zieht die den Schuh aus?
1. LANDSKNECHT: Strümpfe hat sie auch noch an!
2. LANDSKNECHT: Ich hab doch gesagt, daß es nicht so schnell geht.
5. LANDSKNECHT: Wenn das noch länger dauert, sage ich meinen Freunden Bescheid, wenn ihr nichts dagegen habt.
*Nach rechts ab.*
*Die Marketenderin zieht einen zweiten Schuh aus. Der erste Landsknecht*

*holt ein Taschenschachspiel aus dem Mantelsack und beginnt, die Figuren einzustecken.*

*Die Marketenderin zieht einen roten Pullover aus, ein Hemd kommt zum Vorschein. Von links kommt der vierte Landsknecht mit sieben Gefährten.*

4. LANDSKNECHT: Hab ich euch zuviel versprochen? Hier ist was los!

*Gemurmel, halblaute Zustimmung:*

Bei Gott... Meiner Treu...

*Die Landsknechte setzen sich. Die Marketenderin knöpft das Hemd auf.*

1. LANDSKNECHT *zum dritten:* Weiß oder Schwarz?

3. LANDSKNECHT *zum zweiten:* Sagt mir Bescheid, wenn es soweit ist.

*Zum ersten gewandt:* Weiß.

*Von hinten kommt ein sechster Landsknecht.*

6. LANDSKNECHT: Sapperment, die hat Feuer im Leib. Das muß ich meinem Hauptmann berichten! *Ab.*

*Von rechts kommt der fünfte Landsknecht mit 25 Kameraden.*

5. LANDSKNECHT: Na, seht euch das an!

*Die Marketenderin zieht das Hemd aus, darunter trägt sie ein Unterhemd.*

2. LANDSKNECHT: Hat jemand eine Uhr da?

EINER DER 25: Halb vier.

2. LANDSKNECHT: Ach du liebe Güte, da muß ich ja gehen!

*Der sechste Landsknecht erscheint mit seinem Regiment. Es sind die Pappenheimer Reiter in bekannter Tracht.*

6. LANDSKNECHT *zum zweiten:* Du gehst schon?

2. LANDSKNECHT: Ich hab noch was zu tun. *Ab.*

*Die Marketenderin zieht ein Unterhemd aus. Darunter sieht man ein Korsett. Ein siebenter Landsknecht kommt von links.*

7. LANDSKNECHT: Hat man so was schon gesehen? Da werden die Brüder Augen machen! *Eilig ab.*

*Die Marketenderin hakt das Korsett auf, der weiße Rücken kommt zum Vorschein.*

*Aus dem Zelt tritt Gustav Adolf.*

GUSTAV ADOLF: Könnt ihr denn das nicht woanders machen, Leute? Vor meinem Zelt geht das doch nicht! Wenn ihr's dahinter macht, soll's mich nicht kümmern!

*Hurrarufe, Mützen werden geschwenkt, alle ziehen hinter das Zelt, man sieht sie nicht mehr.*
*Der siebente Landsknecht erscheint mit den Tiefenbacher Kürassieren.*
7. LANDSKNECHT *in entschuldigendem Ton:* Eben waren alle noch hier.
*Gustav Adolf weist hinter das Zelt. Die Tiefenbacher ziehen ab. Gustav Adolf tritt ins Zelt zurück.*
*Man hört laute Rufe:* Das sind Dinger, das hat sich gelohnt, hast du so was schon gesehen, mein lieber Mann, da hast du was zu knabbern, seht euch das an. *Pfeifen, Beifall. Gustav Adolf tritt noch mal aus dem Zelt, lauscht, lächelt, es wird dunkel.*
*Vorhang.*

## Hehre Stunde

Weimar 1791. In seinem graugebeizten Studierzimmer sitzt Friedrich von Schiller und starrt auf ein Papier, das vor ihm neben dem Rauchverzehrer liegt. Starrt und läßt sich die Worte durch den Kopf gehen, die er wohl tausendmal gelesen hat: »...wäre es schön, wenn Sie den Geheimrat Goethe ermorden täten. 15 Dukaten könnte ich dafür lockermachen. Hochachtungsvoll Mozart.«
Goethe ermorden – ein entsetzlicher Gedanke! Einerseits. 15 Dukaten sind eine Menge Geld! Andererseits. Besonders, wenn man Professor ist und ein hungriges Maul zu stopfen hat. Und die Frau in der Küche brüllt. Vor Durst. 15 Dukaten...! Aber dafür einen Mord begehen? Noch dazu an Goethe?
Er steht auf. Steht auf und schaut durch das Schiebefenster. Da unten hastet das fröhliche Völkchen der Weimaraner durch die Gasse. Der kleine, dicke Hölderlin immer mittenmang. Ja, die haben es gut. Und er?
Er wendet sich wieder dem Brief zu. Goethe ermorden... Es wäre ja so einfach. Man könnte ihn ja unter irgendeinem Vorwand auf den Kölner Dom locken und den Turm vorher ansä-

gen – nachher würde es wie ein Unfall aussehen, und die 15 Dukaten... Fünfzehn Dukaten! Dann hätte die Schinderei endlich ein Ende. Das ewige Dichten und Trachten. Was er im letzten Jahr wieder zusammengetrachtet hatte... Er schaudert. Und wofür? Für nichts und wieder nichts. Und das war verdammt wenig.

»Tu's doch, tu's doch«, flüstert ihm eine innere Stimme zu.

»Ich denke nicht daran«, entgegnet er barsch.

»Na dann eben nicht«, kreischt die innere Stimme...

Wie stickig es in der Stube ist! Man könnte ja auch – da waren sie wieder, diese Gedanken! Man könnte Goethe ja auch einen vergifteten Stiefelknecht schicken, und dann... Aber so ein Stiefelknecht kostete Geld. Viel Geld. 25 Dukaten mindestens... Andererseits ging es schließlich um Goethe. Um seinen besten Freund... Goethe! Was der im Moment wohl gerade tat? Vielleicht holte er just sein Versmaß vom Hängeboden, eine ungeschickte Bewegung, es entgleitet seinen Händen und begräbt den Geheimrat unter si...

»Papperlapapp!« Da war sie wieder, die innere Stimme!

»Willst du denn nie Ruhe geben?« schreit er sie an. »Mach ich!« lautet die Antwort...

Macht sie. Und was macht er? Er starrt immer noch auf das Papier.

»Hochachtungsvoll Mozart.« Mozart – das sah ihm ähnlich. Erst den Don Giovanni und nun dies. Aber... Mord? »Mord? Das ist überhaupt nicht drin, Verehrtester«, ruft er seinem imaginären Gegenüber zu. Und setzt sich.

Wie leicht ihm auf einmal ums Herz ist! Die Frau in der Küche ist auch still geworden. Hat wohl etwas zu trinken gefunden. Schau her! So ging's also auch. Er lächelt, und da fällt sein Blick noch einmal auf den Brief. Fällt auf das P. S., das er bis dahin überhaupt nicht beachtet hatte: »P. S. Könntest du mir 20 Dukaten pumpen?«

Pumpen! Na! Da könnt ja jeder kommen! Alsdann!

Und lachend holt er die »Ode an die Freude« aus der Schublade. Wo waren wir noch mal stehengeblieben? Götterfunken...?

## Abschuß Nr. 62
*Eine Fliegergeschichte aus dem 1. Weltkrieg*

»Die Engländer kommen!« hatte Brummel geschrien, und der Geschwaderkommandant hatte nach oben geschaut.
»Sopwith-Camel«, hatte er lakonisch gesagt. »Mindestens 700 Stück...« Und dann waren sie zu den startklaren Maschinen gerannt: Möbitz, Köhlemann und Winter. Drei gegen 700, aber es mußte sein. War ja Krieg.
Möbitz kam als erster hoch, jagte seine Focker D7 dem brummenden Schwarm entgegen. Wie schwarze Rucksäcke sahen sie jetzt aus, doch Möbitz wußte, daß er noch näher rankommen mußte. Zog seine Maschine in einem steilen Turn nach rechts und war endlich über ihnen. Kam nun direkt aus der Sonne auf sie runter und hielt auf die Leitmaschine zu. Und jetzt erst roch der englische Pilot den Braten, versuchte wegzutauchen, doch Möbitz' MG hatte schon zu reden begonnen. Und da drehte sich der Tommy um... Das durfte doch nicht wahr sein! Dieses Gesicht kannte Möbitz doch! Diese feinen, grauen Augen, diesen schmalen, sinnenden Mund... »Mutter«, schrie er, doch die Sopwith-Camel schmierte schon ab, trudelte immer weiter runter und zerbarst tief unten als kaum erkennbarer roter Punkt.
Zehn Minuten später ist der Spuk vorbei. »Habe gesehen, wie Sie die Sopwith runtergeholt haben«, sagt der Geschwaderkommandant im Vorbeigehen, »dolle Sache das!« Doch Möbitz' Gedanken sind woanders... Sollte er wirklich...?
Und rasch kommt die schreckliche Gewißheit. Sein Adjutant bringt ihm die Papiere, die man in der zerstörten Sopwith gefunden hat. Sie sind auf Magda Möbitz ausgestellt. Magda Möbitz... Und ein Brief war da noch gewesen, angefangen, aber nicht zu Ende geschrieben: »Lieber Dieter, krieg keinen Schreck, ich fliege jetzt für die Engländer. Wir sind hier ein sehr netter Haufen, und ich habe bereits viel Spaß an der Kampffliegerei gefunden. Mein Junge, trägst Du auch die Wollsocken regelmäßig, die ich Dir...«
»Scheißkrieg«, denkt Möbitz, doch dann schluckt er die Tränen herunter. »Sie oder ich!«

Und eine Viertelstunde später steigt er schon wieder auf. Dem 63sten Abschuß entgegen...

## Legende

Wer schon einmal in London war, kennt sie sicher, die Victoria Station, jenes längliche Bauwerk, das sich wie ein steinerner Zeuge mitten in der Millionenstadt erhebt. Aber wer weiß schon, wieso es gebaut wurde?

Nun, einst hatte sich die Queen Victoria bei der Jagd verirrt, immer verzweifelter wurde ihre Lage, und schließlich brach sie mitten im Walde zusammen, die nackte Furcht in den Augen, ein Stoßgebet auf den Lippen, doch da teilte sich plötzlich das Gesträuch und ein Hirsch trat heraus, ein Hirsch, der ein Geweih auf dem Kreuz oder ein Kreuz zwischen dem Geweih trug, da gehen die Meinungen auseinander, verbürgt jedoch ist, daß der Hirsch eine segnende Bewegung mit der Hinterhand machte und also zur Königin sprach: »Habe keine Angst! Denn du wirst in Bälde errettet werden!«

Da aber sank die Königin in die Knie und gelobte, an dieser Stelle einen Bahnhof zu errichten.

*Die Auskunft*

ENTSCHULDIGUNG!

SIE HABEN MEINE FRAU VERGEWALTIGT,
MEINE TANTE VERFÜHRT,
MEINE TOCHTER GESCHWÄNGERT,
MEINE NICHTE ENT-
JUNGFERT...
ICH FRAGE SIE:
AN WEM WOLLEN
SIE SICH NOCH
VERGREIFEN?
NA, RATEN
SIE MAL....

# *Wo man singt…*

♫ KOMMT EIN VÖGLEIN GEFLOGEN… ♫
♪ SETZT SICH NIEDER AUF MEIN HUT… ♫
♫ HAT EIN BRIEFLEIN IM SCHNABEL… ♪
♫ VON DER MUTTER EIN' GRUSS… ♪
Lieber Sohn, mach den Vogel tot. Er weiß zu viel. Mutter

# Im Büro

FRÄULEIN, BITTE SCHREIBEN SIE HUNDERT MAL...

... ICH WILL NICHT MEHR OHNE ROCK UND HÖSCHEN INS BÜRO KOMMEN!

*Kleine Begebenheiten um große Namen*

## Kaiser von China

Im China – klar? – der Ming-Dynastie lebte ein uralter Seidenraupenzüchter, der zwei seiner Raupen ganz besonders ins Herz geschlossen hatte. Die eine hatte er »Gedanken« und die andere »Freiheit« getauft, die letztere deshalb, weil sie so einen buschigen Schwanz hatte. Da wurde ihm angekündigt, daß der Kaiser von China seiner Zucht einen Besuch abstatten wolle, und da er wußte, daß er dem Kaiser keinen Wunsch abschlagen durfte, versteckte er seine beiden Lieblingsraupen in einer Spanschachtel. Der Kaiser nun ging prüfend durch die Räume und blieb schließlich vor der Spanschachtel stehen.
»Ei, was hat er denn darin«, fragt er.
»Ach nichts, nur Gedankenfreiheit«, antwortete der Züchter listig.
»So? Na, das freut mich aber«, sagte der Kaiser und setzte sich auf die Spanschachtel, die daraufhin zusammenbrach, worauf ihn die Raupen dergestalt in den Hintern bissen, daß er von Gedankenfreiheit fortan nichts mehr hören mochte.
Ähnlich handelten nach ihm übrigens auch andere Kaiser, selbst Diktatoren. Wenn auch aus anderen, meist weniger leicht nachvollziehbaren Motiven.

## Friedrich der Große

Der sarkastische Humor des Alten Fritz war sprichwörtlich.
So sagte er zu einem Dachdecker, der bei Ausbesserungsarbeiten am Turm der Nicolaikirche ausgerutscht und auf den Platz gefallen war: »Wenn Er nichts vom Dachdecken versteht, braucht Er da oben nicht herumzuturnen.«
Ein Bauer bekam den Witz des Königs ebenfalls zu spüren. Wei-

nend stand er vor seinem gerade abgebrannten Hof, als der König vorbeikam.
»Was heult Er so«, fragte der Alte Fritz bissig, »verbrannt ist verbrannt.«
Schluchzend sagte der Bauer, daß seine Frau und seine fünf Kinder ein Raub der Flammen geworden seien. Darauf fiel selbst dem schlagfertigen König kein Witzwort ein, und er ritt ärgerlich davon.

## Nicolo Paganini

Als Paganini vor dem österreichischen Kaiser aufspielte, passierte es ihm, daß eine Saite seines Instrumentes riß. Ohne die Wildheit seines Spieles zu bändigen, geigte er weiter, was zur Folge hatte, daß auch die zweite und dritte Saite rissen. Auf der vierten setzte der Teufelsgeiger sein Spiel fort, als auch diese das Schicksal ihrer Schwestern teilte, fidelte er auf der fünften weiter. Erst als auch diese klingend zersprang, setzte er ungläubig sein Instrument ab. »Da hat mir doch wieder jemand eine Gitarre untergejubelt«, sagte er verdutzt, und das fröhliche Gelächter des Kaisers verriet ihm deutlich, wer der Urheber des Streiches gewesen war.

## Sigmund Freud

Zu Sigmund Freud kam einst ein Mann, der ihm einen seltsamen Traum mitteilte. Sein Es habe – im Traum – Triebansprüche geäußert, das Über-Ich habe sie zu unterdrücken versucht, das Ich habe sie daraufhin sublimiert.
»Haben Sie das wirklich geträumt?« fragte Freud. »Ja«, entgegnete der Mann.
Freud überlegte einen Moment und sagte dann: »Die Erklärung des Traums ist einfach. Ihr Es wird vom Über-Ich unterdrückt

und äußert Triebansprüche, die vom Ich...« »Das ist aber keine Erklärung, das ist mein Traum«, unterbrach ihn der Mann. »Wenn Sie nicht wollen, daß ich Ihnen Ihre Träume erkläre, brauchen Sie es mir nur zu sagen«, antwortete Freud schroff und entließ den Mann, den von Stund an ein schrecklicher Minderwertigkeitskomplex befiel.

## Erwin Ullstein

Erwin Ullstein, der bekannte Verleger, war zugleich ein begeisterter und gefürchteter Hobby-Zyniker. Doch hin und wieder fand auch er seinen Meister. So, als er einmal an Tucholsky ein Telegramm kabelte, das aus dem lakonischen Satz bestand »Zahle Honorar rar«.
»Liefere Beiträge träge«, kabelte Tucholsky ungerührt zurück, und diese glänzende, von Ullstein mit einer Honoraraufbesserung belohnte Replik machte bald die Runde durch die Berliner Literatencafés, wo sie auch Hannes Heber zu Ohren kam, der gleichfalls mit den Ullsteinschen Honoraren unzufrieden war und daher spornstreichs in die nächste Post eilte und dort das an den Verleger gerichtete Telegramm »Schreibe Artikel ikel« aufgab, ein Schritt, der jedoch nicht den beabsichtigten Erfolg hatte, sondern vielmehr dazu führte – aber liest überhaupt noch jemand zu? Na gut, hör ich halt auf.

## Willi Blass

Willi Blass, der bekannte Flötist, hatte ursprünglich Bassist werden wollen. Er studierte damals in Berlin und benutzte jeden Tag die Straßenbahn, um mit seinem Instrument zur Hochschule zu gelangen. Oft schon hatte er es erlebt, daß er wegen seines unhandlichen Instruments eine stark besetzte Bahn hatte vorbeifahren lassen müssen, zum Schaden auch noch den Spott der glücklicheren Fahrgäste erntend.

Es war jedoch ein Berliner Gör, das seinen Zorn zum Überlaufen brachte. »Lernen Sie doch Flöte spielen«, rief es dem unglücklichen Blass vorlaut zu, der wieder einmal keinen Platz in der Bahn gefunden hatte.
»Der Junge hat recht«, dachte er, vertauschte seinen Baß mit einer Flöte und begann eine Karriere, die ihn von Erfolg zu Erfolg führte.
Leider fehlt dieser heiteren Geschichte die Schattenseite nicht. Franz Sauckel, ein vielversprechender Pianist, der mit seinem Instrument zufällig zur gleichen Zeit auf die Straßenbahn wartete, bezog die Worte des Kindes irrtümlicherweise auf sich und wechselte ebenfalls sein Instrument. Da er aber zum Flötespielen nicht das geringste Talent hatte, wurde er trübsinnig und starb in Armut.

## Claus v. Amsberg

Während einer Abendgesellschaft, an der auch Claus von Amsberg, der Prinzgemahl der holländischen Thronfolgerin teilnahm, kam das Gespräch der jüngeren Anwesenden auf die Fehler der Eltern.
Claus von Amsberg hörte sich diese Reden an, dann sagte er: »Mein Vater hat den größten Fehler an mir begangen, als er mich auf den Namen Claus taufte.« »Wieso?« wollten die anderen erfahren. »Sie wissen«, antwortete von Amsberg, »daß meine Verlobung mit Beatrix von großen Kreisen des niederländischen Volkes bekämpft wurde. Sie taten es mit dem einprägsamen Schlachtruf CLAUS RAUS, der mir viele Schwierigkeiten bereitete. Wieviel leichter hätte ich es gehabt, wenn mein Vater mich auf den Namen Hein getauft hätte!« Die Zuhörer mußten etwas nachdenken, doch dann war da keiner, der ihm nicht von Herzen recht gab.

## Sepp Maier

Vor einem Fußballänderspiel traf der Torhüter Maier zufällig mit Dr. Grzimek zusammen. »Eigentlich besteht zwischen uns nur ein kleiner Unterschied«, sagte dieser lächelnd. »Sie schützen das Tor, ich schütze das Tier.« »Laßt mich der Dritte im Bunde sein«, rief ein unscheinbarer Zuhörer, »ich bin Wächter beim Straßenbau und schütze den Teer.«
»Dann gehöre ich ebenfalls zu euch«, sagte ein Vierter, »ich komme auch vom Bau.«
Zu seiner Verwunderung machten seine Worte jedoch nicht den geringsten Eindruck auf die drei, und so blieb ihm nichts anderes übrig, als sich mit leisem Groll zu trollen.

„Toll“

## *Der Einzelne und die Masse*

Ein kulturkritisches Dramolett

EINER: Ich gebe mein Letztes und schaffe eine neue Kunstrichtung!
ALLE: Ach, halt den Rand!
EINER: Ich gebe mich der Naturforschung hin und entwickle eine nacheinsteinsche Physik!
ALLE: Mach uns nicht krank!
EINER: Ich gebe der Lösung der sozialen Frage neue Impulse!
ALLE: Wenn wir das schon hören!
EINER: Ich gebe einen aus!
ALLE: Immer!!!

Traugott v. M.
in:
Ein Leben
für
den König
Hilfe!
Oh! Die Stimme
meines Königs!

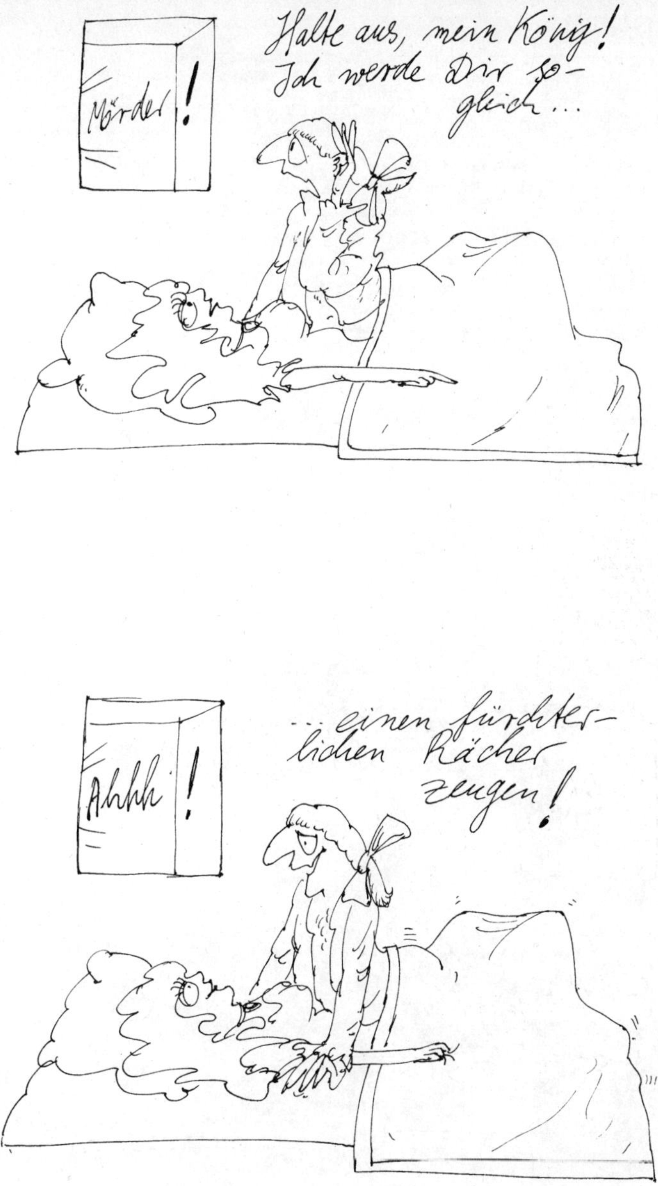
Mörder!
Halte aus, mein König! Ich werde Dir sogleich …
Ahhh!
… einen fürchterlichen Rächer zeugen!

ICH HABE EINE GANZ SELTENE BEHAARUNG...
JA?
ZEIGEN?
JA...
HIER!

DAS SOLL GANZ SELTEN SEIN? **DAS** HABE **ICH** AUCH...
PASSEN SIE MAL AUF...
ACH SO... JA... JA... GESCHENKT, **GESCHENKT!**

# *Männer müssen so sein*

# *Ein alter Mann erzählt*

Was wären wir Männer ohne die Frauen – das ist ein Satz, den man oft hört, ein Satz, der manchmal leichtfertig und unbedacht dahingesagt wird und der doch ein sehr tiefer und ein sehr, sehr wahrer Satz ist. Denn wenn ich – der ich nunmehr ein alter Mann bin – mein Leben überdenke, dann fällt mir auf, daß es eigentlich immer Frauen waren, die mir in meinen größten Krisenzeiten zur Seite standen, drei Frauen, um es genau zu sagen, meine Mutter, meine Frau und meine Tochter.

Die erste dieser Lebenskrisen fiel in die Zeit, als ich fünf Jahre alt war. Ich hatte im Schaufenster einer Spielwarenhandlung einen Teddy gesehen, und seit diesem ersten Blick war es mein größter Wunsch, diesen Teddy mein eigen nennen zu können. Anfangs jedoch stieß ich mit meinem Begehr auf taube Ohren, das Geld sei knapp, wurde mir entgegengehalten; doch dann bettelte, weinte und flehte ich so lange, bis meine Mutter sich erweichen ließ.

»Gut, du sollst den Teddy haben«, sagte diese prachtvolle Frau, und noch am selben Abend konnte ich ihn überglücklich in meine Arme schließen.

Ich wuchs heran, verlobte mich und muß so um die 25 gewesen sein, als ich die zweite meiner Lebenskrisen zu meistern hatte; und dank einer Frau gelang mir das auch. Wir waren auf einer Zeltwanderung, meine Braut, Teddy und ich. Doch als ich nach der ersten im Zelt verbrachten Nacht erwachte, war der Platz an meiner Seite leer.

»Wo ist Teddy?« schrie ich meine Braut an, die jedoch lediglich kühl mit den Achseln zuckte und mir erklärte, sie habe mein Verhalten einfach nicht länger ertragen können und Teddy daher nachts in den nahe vorbeifließenden Gebirgsbach geworfen.

Teddy im kalten Bach, werweißwohin fortgeschwemmt – der Gedanke machte mich rasend. Ich stürzte hinaus, lief stolpernd den Bach entlang, doch die Gewalt des reißenden Wassers schien all meinen Hoffnungen Hohn zu sprechen.

Da aber – wie eine Erscheinung – stand plötzlich eine junge, ortsansäßige Frau vor mir, die, ich traute meinen Augen nicht – – Teddy im Arm hielt. Teddy, den sie, wie sie mir später erzählte, naß, aber wohlbehalten aus einem Wehr gefischt hatte. Meine Dankbarkeit wandelte sich in Zuneigung und Liebe, Teddys Retterin wurde meine Frau, und in den glücklichen Anfangsjahren unserer Ehe wurde uns ein Töchterchen, Anna, geboren, jene Tochter, die mir dann auch, zwanzig Jahre später, in der dritten, vielleicht schwersten Krise meines Lebens beistand.
An jenem Tag nämlich, an dem Teddy mir gestand, daß er sich rettungslos in Kuschelkatze von gegenüber verliebt hätte und in Zukunft mit ihr zusammenleben wollte. Ja, auch an jenem Tag war es eine Frau, die mich wieder aufrichtete, indem sie mir sagte: »Ach Paps, du verlierst Teddy ja nicht wirklich, er wird sicher oft zu Besuch kommen; ja, im Gegenteil – du wirst sogar etwas gewinnen, wenn du Teddys Glück nichts in den Weg legst.«
Ich sollte etwas gewinnen? Verwirrt schaute ich meine Tochter an. Warum ruhten ihre Augen auf mir, so warm und lindernd, wie mich zuvor in meinem Leben nur zwei andere Frauen angeblickt hatten, meine Mutter und meine Frau.
»Ja, Paps. Du wirst etwas gewinnen. Eine neue, dankbare Freundin. Kuschelkatze.«

# *Im Stadtpark, 15 Uhr 45*

ICH BIN ÜBER UND ÜBER
TÄTOWIERT…

…HIER…

... UND DA ...

... UND DORT!

SIE ARMES, ARMES SCHWEIN!

# Akademiker unter sich

UND LEIDER AUCH THEOLOGIE DURCHAUS STUDIERT MIT HEISSEM BEMÜHEN...

ICH HABE AUCH MAL STUDIERT : MATHE.

# *Der Lokalschreck*

## *1:0 für Herbert*

Treatment für einen Fußballfilm

Es beginnt mit Herbert. Herbert war vor zehn Jahren der Kapitän jener sagenhaften Fußballmannschaft, die seinerzeit die Fußballweltmeisterschaft gewann. (Es handelt sich wohlgemerkt nicht um die deutsche Elf von Bern. Alle Personen und Geschehnisse sind frei erfunden und weichen etwas von der Realität ab.) Herbert also war einmal das Idol von Millionen, doch, mein Gott, wie ist er nun heruntergekommen! Er trinkt (seit er Frau und Kinder bei der Explosion eines von ihm selbst in Schwarzarbeit installierten Badeofens verloren hat) und treibt sich in den übelsten Kneipen herum.

Und da passiert es, daß sich eine Gruppe fein angezogener Herren in eine dieser Kneipen verirrt. Es ist der Vorstand des Nationalen Fußballverbandes, an seiner Spitze Herr Brehl, der Präsident. Der ist ein ziemlich übler Typ; nach außen spielt er den Sportidealisten, doch in Wirklichkeit denkt er nur an das Geschäft, Herbert hat ihn noch nie leiden können und früher viel Streit mit ihm gehabt. Und nun stehen sich die ehemaligen Kontrahenten also gegenüber: der feine Boß und der betrunkene Herbert.

Herbert erkennt ihn sofort, doch es dauert ein wenig, bis Brehl und seine Begleiter in dem menschlichen Wrack Herbert wiedererkennen. Nun folgt eine peinliche Szene, in der sich Herbert ziemlich würdelos benimmt und damit prahlt, daß er immer noch der beste Fußballspieler sei und mit seiner alten Elf noch heute jeden anderen Verein in Grund und Boden spielen könne, und da keimt in Brehl ein gemeiner Plan.

Er nimmt Herbert beim Wort und schlägt ihm vor, wirklich einmal zu spielen: »Heute haben wir den 15. August... wie wär's in einem Monat? Am 15. September? Mit deiner alten Elf? Im Gottfried-Hammer-Stadion« – das ist der Schauplatz von Herberts früheren Triumphen – »für 50000 Mark?« Der betrunkene Herbert, der alles im rosigen Licht sieht, erkennt nicht, daß

Brehl ihn lediglich vor aller Öffentlichkeit bloßstellen will, und sagt zu. Ein Vertrag wird aufgesetzt, Herbert unterschreibt.
Als er am nächsten Morgen in seiner ärmlichen Absteige aufwacht, fällt sein erster Blick auf den Vertrag, der neben ihm liegt. Mit zitternden Händen erkennt er, was er sich da eingebrockt hat, doch Vertrag ist Vertrag, und außerdem will er sich vor Brehl keine Blöße geben. Deshalb macht er sich auf, um die Jungs von damals zusammenzutrommeln.
Das ist schwieriger, als gedacht. Die Mannschaft ist in alle Winde verstreut, und es braucht seine Zeit, bis Herbert die Jungs ausfindig macht. Andere Schwierigkeiten kommen dazu:
Da ist Heiner, der Linksaußen von damals, der heute ein gutgehendes Bordell leitet und sich nur noch für Frauen interessiert.
Da ist Werner, der Halbrechte, der dem Morphium hörig ist.
Da ist der Verteidiger Erwin, einst ein Meister des Fußballs, nun aber seit Jahren Handballer.
Ein anderer sitzt im Gefängnis, ein weiterer hat seiner Frau versprochen, nie wieder Fußball zu spielen – und so reiht sich Schicksal an Schicksal und Problem an Problem bis hin zum Torwart Josef, der durch ein Unglück einen Arm verloren hat.
Doch das Geld und die immer noch starke Ausstrahlungskraft von Herbert tun ihre Wirkung.
Obwohl keiner an den Erfolg des Unternehmens glaubt, bringt er es fertig, sie alle dazu zu überreden, ihm zu folgen. Vier Tage vor dem angesetzten Spieltermin beginnt die Mannschaft das Training.
Schauplatz: das Gottfried-Hammer-Stadion.
Das mächtige Rund ist leer. Traurige Gestalten laufen ein: Herbert, der zur Flasche greift, um ein Zittern im Fuß zu betäuben, hinter ihm die anderen.
Anstoß: nichts klappt. Herbert verfehlt den Ball. Heiner, der Frauenheld, leidet unter Entziehungssymptomen. Erwin, der Handballer, macht Hand. Man versucht Flanken. Es geht nicht, Pässe. Es geht nicht. Den Ball in den eigenen Reihen halten – das Fiasko ist total. Doch während der vier Trainingstage bessert sich die Stimmung. Einige alte Tricks klappen wieder. Der Torwart hält auch mal einen Ball. Hoffnung.

Doch dann das Spiel: Die Ränge sind dicht gefüllt, die alten ruhmreichen Namen haben das Publikum angezogen. Reporter aus aller Welt. Auf der Ehrentribüne: Präsident Brehl und der Vorstand des Fußballverbands. Der Gegner: der SV Portugal, eine starke Gastmannschaft. Anpfiff und Katastrophe: Der völlig betrunkene Herbert glaubt sich einer Übermacht von 33 Spielern gegenüber. (Kameratrick: Er sieht jeden Spieler dreifach.)
Er protestiert beim Schiedsrichter. Doch der läßt weiterspielen. 2. Minute. Erwin macht Hand im Strafraum, Elfmeter, 0:1. Halbzeitstand 0:7. Gejohle, Buhrufe. In der 67. Minute Abbruch des Spiels beim Stande von 0:21, die alte Elf kann einfach nicht mehr.
Als sie in die Mannschaftskabinen wankt, tritt ein lächelnder Brehl Herbert gegenüber: »Dachte ich's mir doch – ihr Sportler seid alle käuflich« – mit diesen Worten wirft er Herbert die 50000 Mark vor die Füße.
Und nun kommt die Wende.
Diese Beleidigung kann die Mannschaft nicht vergessen. Sie reißt sich am Riemen. Sie geht ins Trainingslager.
Trainingslager: ein alter, verregneter Sportplatz. Windschiefe Tore. Ärmliche Baracken. Doch ein unbeugsamer Wille: Herbert trinkt nicht mehr, Erwin, der Handballer, hat sich die Arme am Körper festbandagieren lassen, Werner hascht nur noch, der einarmige Torwart übt und übt und übt...
Und alle haben ein Ziel. Denn am 21. Mai beginnen die Ausscheidungskämpfe für die Weltmeisterschaft...
21. Mai: als krasser Außenseiter tritt die Herbert-Elf gegen den F.C. Uruguay an. Es läuft nicht alles so, wie es laufen soll, doch beim Schlußpfiff heißt es 2:1.
24. Mai: Das hoch favorisierte Bengalen erlebt eine Überraschung: 4:2. Ein Rückschlag: Am 28. Mai unterliegt die Herbert-Elf der erfolgreichsten Mannschaft der letzten Jahre, dem KSC Ungarn mit 3:5.
Herbert ist ziemlich deprimiert, und als er abends beim Rundgang durch das Trainingslager über eine noch volle Flasche Korn stolpert, ist die Versuchung natürlich groß. Er hebt die Fla-

sche hoch, betrachtet sie eindringlich, doch dann *schleudert* er sie auf das Pflaster, daß die Scherben nur so fliegen...
Im Rückspiel wird Ungarn dann auch hoch geschlagen, die nächsten Gegner erleben ebenfalls üble Überraschungen (z.B. 3:0, 4:1, 3:1 usw.). Aus dem belächelten, verspotteten Außenseiter wird ein Favorit, der in einem unglaublichen Siegeszug...
Doch in der zweiten Gruppe hält der SV Portugal Schritt, und im Endspiel stehen sich die beiden wieder gegenüber. Wieder im Gottfried-Hammer-Stadion. Noch voller die Ränge. Auf der Ehrentribüne: Präsident Brehl, der als Vertreter des gastgebenden Landes nach dem Spiel die Siegerehrung vornehmen wird...
Einlauf. Jubel. Und dann: Höhepunkte, Höhepunkte, Höhepunkte. In der 87. Minute führt die Herbert-Elf 3:2, und dann geschieht das Unerwartete: Erwins Bandage lockert sich bei einem Zusammenprall, wieder bricht seine alte Leidenschaft durch, Hand im Strafraum, Elfmeter. Aber Torwart Josef meistert den Ball in einer herrlichen Parade, bei der er sich freilich schwer verletzt, er spielt jedoch weiter, Abpfiff und Sieg.
Wie hat sich doch das Blättchen gewendet. Wieder tritt Präsident Brehl der Herbert-Elf gegenüber, diesmal, um Herbert den Pokal zu überreichen: »In diesen Menschen können wir alle Vorbilder sehen. Vorbilder für den echten Sportgeist, der nicht nach dem Nutzen fragt, sondern aus Freude am Spiel...«
Herbert hält den Pokal in Händen, für einen Moment sieht es so aus, als ob er ihn hinwerfen wolle. Doch dann dreht er sich einfach schweigend um, mitten in der Rede Brehls, und läuft aus dem Stadion. Ihm folgt seine Mannschaft...
Letzte Szene: Die Herbert-Elf ist allein auf einer leeren Straße, die überraschten Zuschauer sind ihnen nicht gefolgt. Die Spieler laufen noch, werden langsamer, gehen. An ihrer Spitze Herbert, den Pokal im Arm. Da bleiben sie plötzlich stehen: Auf einem unbebauten Grundstück sehen sie einige kleine Jungen mit einer Blechbüchse kicken. Ein Rotschopf, offensichtlich der Spielführer, feuert die Mitspieler an: »Max, ich stehe frei – abgeben!« Flanke und Tor...
Doch dann erkennen die Steppkes, wer ihnen zuschaut – ihre

Idole. Verlegen hören sie auf zu spielen, kommen schüchtern näher...
Herbert winkt den Rotschopf zu sich: »Sag mal, warum spielst du eigentlich Fußball?«
»Weil... weil es mir Spaß macht!«
»Würde das hier dir auch Spaß machen?«
Und Herbert drückt dem Jungen den Pokal in die Arme...
Fassungslos schauen die Jungen der Mannschaft nach. Die geht nun langsam und erschöpft die Straße entlang, an einer Kreuzung, bleiben die Männer stehen.
»Das war's, schönen Dank und – vielleicht – auf Wiedersehen!« sagt Herbert. Und dann trennen sich ihre Wege: Heiner macht sich an eine Frau ran, die in einer Haustür steht, und verschwindet mit ihr, Erwin verharrt einen Moment vor einer Sporthalle, an der »Heute Handballtraining« steht, und tritt dann ein. Josef bleibt in einem Krankenhaus hängen, der Kriminelle knackt ein Auto und fährt damit davon... Und so bleibt einer nach dem anderen auf der Strecke, bis Herbert zum Schluß allein ist.
Er geht weiter und sieht plötzlich vor sich eine Blechbüchse liegen. Schon tänzelt er auf sie zu, hebt das Schußbein, doch dann ändert er plötzlich seine Richtung, macht einen Bogen, geht langsam weiter. Er biegt um die Ecke. Hat ihn das Schild »Destille« angelockt? Wir wissen es nicht. Denn nun ist die Straße völlig menschenleer, im Vordergrund nur noch die kleinen Jungen mit dem Pokal, immer noch verstummt, immer noch entgeistert...
Und damit endet auch das Treatment für den Fußballfilm. Zugegeben: In dieser Fassung hat er noch einen Fehler, es kommen keine Frauen drin vor. Doch dieser Fehler wäre leicht zu beheben. Beispielsweise könnten Brehl und Herbert hinter ein und derselben Frau her sein. Und die könnte zuerst zu Herbert, dann zu Brehl und schließlich wieder zu Herbert halten. Und Herbert könnte sie ebenso wie den Pokal zurückweisen. Und den Schluß könnte folgende Pointe bilden: daß Herbert wirklich die Destille betritt – und in ihr sitzt als einziger Gast die Frau. Doch das sind Einzelheiten, die ich mit dem Produzenten erörtern müßte. Ebenso die Besetzung (ich würde u.a. gerne

John Wayne, Lee Marvin, James Stewart, Robert Mitchum, Gert Fröbe, Yul Brynner, aber nicht Horst Buchholz sehen). Doch vorher ist eine wichtigere Frage zu klären: Wer macht diesen Film?

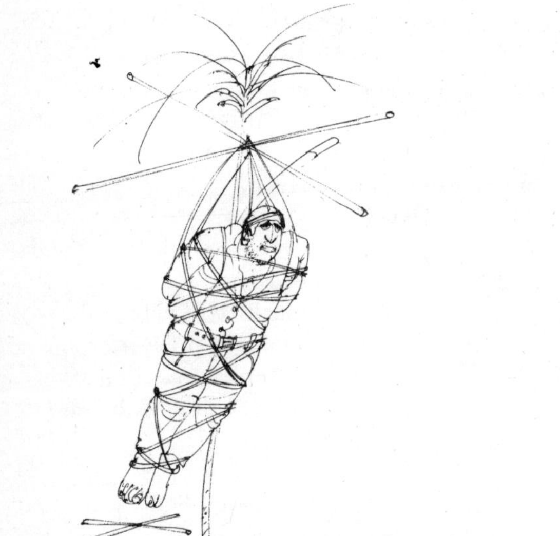

„Herrchen in Nöten"

Kurzgeschichte

Der Wind weht derart stark, daß man nicht mal mehr gerade schreiben kann!

## *Der ungetreue Vorarbeiter*
Eine Kriminalgeschichte vom Bau des Suez-Kanals

Der Abend kam rasch.
»Kommt verdammt rasch, der Abend«, sagte Lesseps und schaute auf die Uhr. »Schon acht und erst so dunkel«, fügte er beiläufig hinzu. »Heute schaffen wir es doch nicht mehr. Laßt die Schaufeln sinken, Jungs. Abendgebet!«
Die so Angeredeten schauten auf und falteten die Hände.
»Großer Gott, wir loben dich,
Zürne uns da oben nicht,
Hab ich Unrecht heut getan,
Zeig mich, lieber Gott, nicht an«,
sprach Theodore, der Vorarbeiter, mit leiser Stimme, und Charles, der Smutje, stimmte das Angelus an, geradeso, wie es ihm seine Ziehmutter seinerzeit eingetrichtert hatte:
»Über diesen Wolken thront
Einer, der uns alle liebt,
Er hat uns bis heut verschont
Als Beweis, daß es ihn gibt.«
»Als Beweis, daß es ihn gibt...« wiederholte Lesseps die letzten Worte und setzte sein Käppi wieder auf.
»Heute sind wir ja schon ein ganzes Stück weitergekommen. Wieviel Meter haben wir denn geschafft – na, Theo?«
»Über den Daumen gepeilt 90 Meter«, erwiderte Theo, und sein Gesicht glänzte vor Stolz.
»90 Meter – hört euch das an!« rief Lesseps übermütig. »Dann haben wir es ja bald. Darauf gebe ich einen aus! Leute, ihr sollt auch nicht leben wie die Hunde – alle zu mir!«
Und während sich die Arbeiter in Bewegung setzten und es ihren Gesichtern deutlich anzusehen war, wie sehr sie sich auf das zu erwartende Schlückchen freuten, wandte sich Lesseps noch einmal an den Vorarbeiter.
»90 Meter – Donnerwetter!«

»90 Meter, über den Daumen gepeilt«, berichtigte ihn Theo und zog düster an seiner Augenbraue.
»90 Meter – über den Daumen gepeilt«, korrigierte sich nun auch Lesseps, belustigt über soviel Akkuratesse, die in einem sonderbaren Gegensatz zu dem Geröllfeld stand, auf dem sich die beiden befanden.
»Und wieviel sind es genau?«
»Wieviel was?«
»Wieviel Meter?«
»Drei.«
»Drei Meter?«
»Drei Meter!«
»Nur drei?«
»Keiner mehr, keiner weniger.«
»Aber ich verstehe nicht...« Lesseps suchte nach Worten.
»Aber ich verstehe nicht, Theo – erst sprechen Sie von 90 Metern...«
»90 Meter über den Daumen gepeilt.«
»90 Meter über den Daumen gepeilt. Gut. Und jetzt sind es nur drei. Ja, wie reimt sich denn das zusammen?«
»Schlecht«, stimmte Theo zu. »Sehr schlecht. Aber schauen Sie mal, Schätzungen sind eine Sache, exakte Messungen eine andere. Als ich die heute geleistete Arbeit auf 90 Meter schätzte, spielte wohl auch mein Wunsch eine Rolle, soviel geschafft zu haben. Ich glaubte – wie man zu sagen pflegt – selber daran. Nun – das Meßband hat mich eines Besseren belehrt. Nicht 90 – nein, drei Meter, das ist das Ergebnis. Gute drei Meter – zugegeben, aber eben nicht 90, wie Sie wohl vermuten mußten, als ich vorher erklärte, wir hätten 90 Meter geschafft.«
»Freilich glaubte ich das«, versetzte Lesseps.
Mittlerweile waren die Arbeiter zu den beiden getreten und umstanden sie wie eine schwarze Mauer.
»Das ist kein Wunder«, sagte der Vorarbeiter und wandte sich an die Arbeiter, die ihn verständnislos musterten. »Wir reden gerade über ein interessantes Problem«, erlärte er ihnen. »Ich sagte Lesseps vorhin, daß wir, über den Daumen gepeilt, etwa 90 Meter geschafft hätten, und er freute sich natürlich. Nun hat je-

doch eine nachträgliche Messung ergeben, daß es nur drei Meter waren, und daher seine Bestürzung.«
Die Arbeiter nickten und schauten betreten auf Lesseps, der seine Taschenflasche schon herausgezogen hatte und sie nun wieder brüsk einsteckte. »Nichts da«, entschied er. »Ich hätte einen ausgegeben, wenn wir 90 Meter geschafft hätten. Doch daraus wird nun nichts. Wo kämen wir denn da hin!«
Und mit diesen Worten nickte er Theo noch einmal zu und stiefelte in Richtung Camp.
Jetzt war es finster.

*

Nun beginnen die Arbeiter, das Werkzeug zusammenzusuchen: Die Schaufeln kommen in den Geräteschuppen, die Hacken dito.
Hier und da flackern Gespräche auf, wie es zu dem beschriebenen Mißverständnis kommen konnte.
1. ARBEITER: Der Theo hat sich aber mächtig verhauen.
2. ARBEITER: Komisch, ausgerechnet der Theo, der sonst immer den Unfehlbaren markiert.
1. ARBEITER: Ich begreif's immer noch nicht!
*Etwas weiter rechts beherrscht das gleiche Thema drei andere Arbeiter.*
3. ARBEITER: Das muß man doch auseinanderhalten können. 90 Meter und drei Meter. Das sieht man doch!«
4. ARBEITER: Nicht, wenn es dunkel ist. Ich habe einmal bei Dunkelheit eine Gabel weggeworfen. Was meint ihr, wie weit?
5. ARBEITER: 15 Meter.
4. ARBEITER: Das dachte ich auch. Aber nachher war die Gabel dann gar nicht zu finden.
5. ARBEITER: Futschikato?
4. ARBEITER: Genau.
*Vor dem Geräteschuppen kommt es zu einem Gedränge.*
THEO: Leute, da gibt es nichts zu erklären. Wirklich nicht. Ich habe mich ganz einfach vertan. Ehrlich! Das kann doch jedem mal passieren. So glaubt mir doch!
6. ARBEITER: Theo, da ist was faul an der Geschichte. Du warst doch den ganzen Tag an der Baustelle – oder?

THEO: Ja natürlich. Den ganzen Tag über. Das wißt ihr doch. Ich habe eure Arbeit doch überwacht.
6. ARBEITER: Theo, nimm's mir nicht übel, aber wie willst du uns denn überwacht haben, wenn du den ganzen Tag die Augen zugekniffen hattest – so:
*Er macht vor, wie Theo die Augen zugekniffen hat.*
THEO: Du machst mir aber Spaß. Ich soll den ganzen Tag über die Augen zugekniffen haben? So?
6. ARBEITER: Nicht so.
*Er macht Theo nach, wie er ihn nachgemacht hat.*
Sondern so:
*Er macht Theo vor, wie er die Augen zugekniffen hat.*
THEO: So soll ich die Augen zugekniffen haben?
6. ARBEITER: Genau so.
THEO: Aber da sieht man doch nichts, wenn man so die Augen zukneift.
6. ARBEITER: Das wollte ich damit sagen.
THEO: Ach, jetzt begreife ich auch, wieso es den ganzen Tag über so dunkel war!
6. ARBEITER: Siehst du, Theo? Aber das erklärt mir auch, wieso du dich in bezug auf die Meter so vertun konntest.
ANDERE ARBEITER: Jetzt ist uns alles klar!
LETZTER ARBEITER: Jetzt begreife ich nichts mehr!

Langsam leert sich die Baustelle. Die Hyänen kommen.

*

In seiner engen Schlafstube hatte Lesseps sich einen Stuhl zurechtgerückt, sich draufgesetzt und war in ein angespanntes Nachdenken verfallen:
»Heute nur drei Meter, gestern acht, vorgestern 17. Vorgestern 17, gestern acht, heute nur drei. Mein Gott, wie sollen wir bei diesem Tempo jemals fertig werden? Hä?«
»Hä, hä, hä, hä, hä, hä«, tönte es als Echo aus der Besenkammer. Lesseps kümmerte sich nicht darum, sondern fuhr in seinen Grübeleien fort.

»Wir sitzen schon drei Wochen dran und haben bisher höchstens – höchstens 140 Meter geschafft. Wenn wir dieses Tempo beibehalten, werden wir nicht vor«, er rechnete, »alsdann, auf jeden Fall wird es noch ziemlich lange dauern. Vielleicht, vielleicht bis 1916. Und dann?
Dann bin ich alt, verbohrt und von der Malaria, der Geißel der Tropen, möglicherweise angesteckt. Und was wird aus meinem Jungen? Aus Pierre?«

*

Das Camp hatte auch eine Kantine. Und die Kantine hatte einen langen Tresen. Und an dem standen sie nun: Binswanger, Theo, Serge und noch zwei Unentwegte.
»Mir noch mal dasselbe«, bellte Binswanger und schob sein Glas über den Schanktisch. »Und ihr?«
»Mir einen Doppelten.«
»Ich hab genug.«
»Komm, einen wirst du ja wohl noch vertragen können!«
»Ich? Immer!«
»Na also!«
Während dieses Gesprächs hatten die beiden Unentwegten begonnen, folgendes Problem zu wälzen:
1. UNENTWEGTER: Schau, das ist doch ganz einfach. Der Vorarbeiter war – subjektiv – der Meinung, daß wir heute neunzig Meter geschafft hätten. Warum? Weil er nicht richtig hingeguckt hatte. Und warum hat er das getan? Weil er die Augen immer zugekniffen hatte. Ist doch alles ganz logisch!
2. UNENTWEGTER: Logisch schon. Aber wieso hatte er die Augen so zugekniffen? Das ist doch der springende Punkt! Da wird's doch merkwürdig! Das ergibt doch keinen Sinn! Darüber zerbreche ich mir den Kopf!
1. UNENTWEGTER: Paß auf. Es gibt erbliche und erworbene Fähigkeiten. Die Fähigkeit, die Augen zuzukneifen, ist...
Das war der Moment, in dem Theo, der bis dahin mit gespannter Aufmerksamkeit gelauscht hatte, sich einmischte.
... ist eine der schwierigsten Fähigkeiten überhaupt. Ihr müßt

euch das mal vorstellen: Ich stehe morgens auf. Augen natürlich zugekniffen. Was würdet ihr an meiner Stelle tun? Na?

2. UNENTWEGTER: Ich würde sie öffnen.

THEO: Ha! Öffnen! Das wäre bei Gott das einfachste! Das könnte euch so passen! Nein, ich gehe nicht den graden, glatten Weg, den die Menge einschlägt, ich gehe die dornige, steinige Straße. Ich lasse die Augen zugekniffen! Tappe zum Stuhl, hangel mich zum Wasserbottich, wasche mich, putze mir die Zähne – alles mit zugekniffenen Augen wohlgemerkt. Und dann kommt...

1. UNENTWEGTER: Das Schwerste?

THEO: Soweit sind wir noch lange nicht.

1. UNENTWEGTER: Ich dachte, wir wären schon soweit.

THEO: O nein. Erst kommt noch das Einfachste. Ich meine, das Frühstück. Das geht so, so, ich taste mich nach der Marmelade, dem Brot, dem Kaffee...

2. UNENTWEGTER: Und putzt alles runter.

THEO: Worauf ihr Gift nehmen könnt. Irgendwie muß der Mensch ja leben – oder? Aber dann ist es soweit. Auf geht's. Zur Arbeit. Ohne auch nur einen Strich zu sehen. Das muß man sich mal vorstellen. Ich bin doch Vorarbeiter. Ich muß doch wissen, was um mich herum passiert. Sonst wäre ich ja ein schöner Vorarbeiter. Sonst wäre das Geld, das ich bekomme, ja herausgeschmissenes Geld – nicht wahr?

BINSWANGER: Bei Gott!

THEO: Ich also zur Arbeit mit zugekniffenen Augen, seh nix, hör nix...

1. UNENTWEGTER: Hörst nix?

THEO: Sagte ich »Hör nix?«

1. UNENTWEGTER: Ja.

THEO: Dann wird es wohl falsch sein. Ich hör natürlich wie ein Luchs. Muß ich doch, wenn ich schon nix sehe und nix höre.

1. UNENTWEGTER: Und nix hörst?

THEO: Habe ich wieder »Hör nix« gesagt?

1. UNENTWEGTER: Nein.

THEO: Na also. Hier soll mir also etwas unterstellt werden, was ich nie gesagt habe.

1. UNENTWEGTER: Du hast gesagt »Nix höre«.
THEO: So? Dann meinte ich aber »nix sehe«.
1. UNENTWEGTER: Das sagtest du außerdem. Du sagtest »Nix sehe und nix höre«.
THEO: Ich weiß nicht, irgendwie artet das hier in einen Streit um Worte aus. Wenn ich sagte »nix sehe und nix höre« – was noch nicht raus ist –
BINSWANGER: O ja, das ist aber nun wirklich raus. Du sagtest vorhin laut und deutlich »Nix sehe und nix höre« – das werden alle, die bisher dabei waren, doch wohl bestätigen, wie ich gerne annehmen möchte.
1. UNENTWEGTER: Theo, komm Kumpel, verrenn dich nicht!
THEO: Also ich werde hier doch wohl noch ausreden dürfen – oder?
SERGE, *der bisher mit einem Klappstuhl hantiert hat:* Theo, gib's ihnen!
THEO: Dabei bin ich gerade, also wenn ich nun endlich mal ausreden darf?
BINSWANGER: Bitte.
1. UNENTWEGTER: Darauf warten wir doch alle schon die ganze Zeit. Alle, die wir hier sitzen.
2. UNENTWEGTER: Ich auch, wenn ich das hinzufügen darf.
SERGE: Sag's ihnen, Theo!
DER WIRT: Feierabend!
*Er beginnt die Gläser wegzuräumen und macht unmißverständliche Handbewegungen.*
THEO: Na denn, ein andermal!
BINSWANGER: Schade.
1. UNENTWEGTER: So ein Pech!
2. UNENTWEGTER: Kruzitürken!
SERGE: Macht nichts, Theo! Morgen besorgst du es ihnen aber!
THEO: Worauf ihr euch verlassen könnt!
Und so kam es, daß Theo in die Dunkelheit hinaustappte, ohne daß er seinen Gedankengang hätte zu Ende führen können.

*

Das alles war jedoch nur ein Vorspiel. Nun wird's spannend. Noch in derselben Nacht begann nämlich ein fieberhaftes Leben und Treiben.
Da ist einmal Lesseps. Er sitzt noch immer in seiner Kammer und grübelt. »Irgendwo reimt sich das alles nicht zusammen. Irgendwo stimmt da etwas nicht! Aber wie begann das alles? Da war schon immer ein Verdacht, unwägbar wie eine Schwanenfeder. Dann kamen Indizien dazu. Gerade heute wieder – aber nein! Ich muß mich an die Fakten halten. Und was sind die Fakten?« Ohne es zu merken, war er aufgesprungen und hatte begonnen, in der Schlafkammer auf und ab zu gehen.
»Fakt eins: Ich will hier den Suez-Kanal bauen. Und zwar so schnell wie möglich.
Fakt zwei: Die Arbeit geht nicht so recht voran. Sie begann zügig, aber nun schleppt sie sich dahin. Und zwar seit... seit zwei Wochen. Merkwürdigerweise exakt seit zwei Wochen. Aber was geschah vor zwei Wochen? Kam da nicht Theodore? T-h-e-o-d-o-r-e?«
Das war der Moment, als Lesseps die Wanduhr auf die Schulter fiel und es kurz darauf klopfte.
Lesseps, aus seinen Grübeleien aufschreckend: »Herein!«
Der Türknopf drehte sich, und herein trat, scheu um sich blickend, eine Gestalt, die Lesseps für einen Moment verständnislos musterte, bis er gar nichts mehr begriff.
»Wer sind denn Sie schon wieder?«
»Ich bin, mit Verlaub, einer der Arbeiter, die am Kanal arbeiten. Und vielleicht nicht der schlechteste!«
Mit einer Handbewegung wischte Lesseps diesen Einwand hinweg.
»Und warum kommen Sie?«
»Weil ich Ihnen eine Beobachtung mitteilen möchte, die Ihnen vielleicht nützlich sein könnte.«
»Ützlich, ützlich, ützlich«, scholl das Echo aus der Besenkammer, doch Lesseps war viel zu aufgeregt, um es zu überhören.
»Eine Beobachtung? Was für eine Beobachtung denn?«
»Sie betrifft einen gewissen Theodore...«
»Den Vorarbeiter?«

»Den Vorarbeiter.«
Und nun erklärte der Arbeiter, Emile, war sein Name, was sich seit Lesseps Weggang von der Baustelle ereignet hatte. Wie er, Emile, Theo darauf angesprochen habe, daß er sich seinen, Theos, Irrtum nur schwer erklären könne, wie er ihm weiter vorgehalten habe, Theo könne doch unmöglich seinen Vorarbeiterpflichten... aber hören wir Emile einmal selber: »Sie waren weg, da standen wir noch vor dem Geräteschuppen. Und nun passen Sie mal auf: Ich machte Theodore darauf aufmerksam, daß er unsere Arbeit schlecht überwachen könne, wenn er den ganzen Tag über die Augen zugekniffen habe. Und da tat Theo erst ganz erstaunt und schließlich behauptete er, das sei des Rätsels Lösung, wieso es den ganzen Tag über so dunkel gewesen sei...«
Lesseps machte einen Sprung in Richtung Besenkammer und schloß die Tür.
»So dunkel? Aber es war doch taghell. Den ganzen Tag über.«
»War es auch.«
»Und was faselt Theo von Dunkelheit?«
»Ihm war es dunkel vorgekommen, weil er die Augen zugekniffen hatte.«
»Aha. Die Augen zugekniffen. Aber – da konnte er ja nichts mehr sehen!«
»Woher auch? Keinen Strich!«
»Und er hatte sie absichtlich zugekniffen?«
»Nach seinen Aussagen zufällig.«
»Den ganzen Tag über?«
»Nach seinen Aussagen – ja.«
»Und da wagt es dieser Vorarbeiter, Angaben über die tagsüber geleistete Arbeitsmenge zu machen?«
»Offensichtlich.«
»Aber wie denn – er sieht doch nichts. Wie kann er dann Entfernungen abschätzen?«
»Er hat sich ja auch ganz schön vertan.«
Lesseps schaute verwirrt nach dem Medaillon.
»Das hat er, Emile, das hat er. Er sagte 90 Meter, und es waren nur drei... nur drei... Und du meinst, das sei lediglich darauf

zurückzuführen, daß er während der Arbeit die Augen zugekniffen hatte?«
Emile, nun siegessicher, warf ein: »Wissen Sie eine andere Erklärung? Sie haben studiert, ich nicht – bitte. Aber wie wäre der ganze Vorgang denn sonst zu erklären? 90 Meter und 70 – da kann man noch die Übersicht verlieren. 90 Meter und 50 – gut, auch da. 90 und 27...«
»Da schon weniger«, unterbrach ihn Lesseps.
»Sehn Sie, worauf ich hinaus will?«
»Nur zu gut. 90 und drei – da ist der Widerspruch zwischen Schätzung und Realität ganz einfach zu schreiend, da gibt's ganz einfach keine logische Verbindung!«
»Außer...«
»Außer?«
»Außer man geht von der Annahme aus, daß Theo den ganzen Tag über die Augen zugekniffen hatte... nicht wahr?«
»Es gibt keine andere Erklärung, Emile, ich danke dir dafür, daß du noch so spät den Weg zu mir fandest.«
»Bitte schön, nichts zu danken.«
»O doch!«
»Aber nein!«
»O doch, doch!«
»Aber ich bitt Sie...!«
»Na dann eben nicht!«

*

Etwa zur selben Zeit, als dieses Gespräch ein Ende fand, war auch der erste Unentwegte eingeschlafen. Der zweite jedoch hatte sich bei Binswanger eingehängt und vertrat sich unter leisem Getuschel noch etwas die Beine...
»Du warst doch dabei, als sich heute abend jene unschöne Szene vor dem Geräteschuppen abspielte, als einer der Arbeiter Theo vorwarf, seine Vorarbeiterpflichten...«
»Oh, ich erinnere mich nur zu genau«, fiel ihm der andere ins Wort. »Theo tat erstaunt und schließlich richtig erleichtert, als ihm der Arbeiter erklärte, die Dunkelheit rühre daher, daß er, Theo, stets die Augen so zugekniffen habe...«

»Richtig. Und was war die Folge? Wie ging's weiter?«
»Wir gaben uns mit der Erklärung zufrieden und gingen in die Kantine.«
»Und Theo?«
»Theo? Der ging mit.«
»Ganz allein?«
»Ganz allein. Oder – nein? Ich mußte ihn ja führen.«
»Er hatte also immer noch geschlossene Augen?«
»Offensichtlich. Sonst hätte er doch alleine gehen können – nehme ich jedenfalls an.«
»Und wohl zu Recht. Aber weiter« – er zog seinen Begleiter um die Palme – »wir gingen in die Kantine. Und was taten wir dort?«
»Wir tranken.«
»Und Theo?«
»Der gesellte sich zu uns.«
»Wann war das etwa?«
»Schon gleich zu Anfang... Doch nein, er fragte mich wenig später nach der Uhrzeit und ging in die Küche.«
»Aber er hatte doch eine Uhr dabei?«
»Sicher. Eine Taschenuhr.«
»Und er fragte dich trotzdem nach der Zeit?«
»Jaa... merkwürdig.«
»Er hatte demnach in der Kantine auch immer noch geschlossene Augen.«
»Zugekniffene.«
»Zugekniffene – gut. Aber weiter, du gingst zum Tresen und ich auch. Und dann...«
»Jetzt erinnere ich mich wieder! Dann hat Theo uns erzählt, was das für eine Leistung sei, den ganzen Tag über die Augen zuzukneifen.«
»Und das hast du ihm geglaubt?«
»Warum nicht?«
»Aber siehst du denn den Widerspruch gar nicht?«
»Welchen Widerspruch denn?«
»Na, den: Zuerst tut Theo doch ganz erstaunt, als er erfährt, daß er die Augen zugekniffen hatte. Und nun behauptet er, er kneife sie absichtlich zu. So geht das doch nicht.«

»Entweder – oder!«
»Aber beides zusammen …«
»… ist unmöglich. Du hast recht …«
»Nicht wahr?«
»Aber was verbirgt sich hinter all diesen offenbaren Unwahrheiten?«
»Ich habe da so einen Verdacht«, flüsterte Binswanger und hob seine Hand etwa in Fußhöhe.
»Paß auf …«

*

Und die ganze Zeit über dieses Geräusch im Geräteschuppen: Ssssiiiit, psiiit, schiiit, pschiiiiiiiet!

*

Und dann dieses Bumsti, als der Araber von der Araberin fiel.

*

Und Lesseps, der frühmorgens schon … Aber das steht auf einem anderen Blatt.

*

Frühmorgens springt Lesseps aus dem Bett. Er hat einen Entschluß gefaßt. »Der Sache werde ich auf den Grund gehen. So kommen wir ja nicht weiter.« Aber auf dem Weg zum Ziehbrunnen wäre er beinahe über Binswanger gestolpert.
»Binswanger – du hier?«
»Ja.«
»Wie das? Was treibt dich denn hierher, zu dieser nachtschlafenden Zeit?«
»Du machst mir Spaß! Es ist bereits halb neun!«
»Eins zu null für dich«, lachte Lesseps, von der Logik der letzten Worte überwältigt. Doch dann, ernster werdend: »Hast du etwas auf dem Herzen?«
»Ja«, brach es aus Binswanger. Und nun erzählte er Lesseps haarklein, was er in der letzten Nacht vom zweiten Unentwegten erfahren hatte.

*

Der Heerwurm der Arbeiter hatte sich bereits an der Kanalbaustelle versammelt, als Lesseps die Lage erstmals voll überschaute: »Mir macht Theodore falsche Angaben über die Menge der geschafften Arbeit, den Arbeitern erklärt er scheinheilig, er wisse nicht, wieso es den ganzen Tag über so dunkel gewesen sei, euch gegenüber behauptet er, das Augenzukneifen sei eine Leistung, seit zwei Wochen überwacht er den Kanalbau, seit zwei Wochen geht die Arbeitsleistung ständig zurück. Ständig. Der Zusammenhang ist nicht zu übersehen, der Plan ist durchschaubar, die Folgen sind noch nicht zu überblicken, wenn ich nicht sofort etwas Entscheidendes unternehme. Komm, Binswanger! Auf zur Baustelle!«
Als die hochaufgerichtete Gestalt Lesseps' in Begleitung des gedrungenen Binswanger den Kanal erreichte, hatte Theo gerade das Kommando »Hacken hebt« gegeben.
»Runter mit den Hacken!« konterte Lesseps, und als es still geworden war, fügte er hinzu: »Theo, komm doch mal her!« Nun war es so ruhig, daß man aus der Ferne den Ruf des Blandbleit-Vogels hören konnte. Theodore kam schwerfällig näher. Das Verhör konnte beginnen.

*

Lesseps berichtete nun in dürren Worten, was er von Emile und Binswanger erfahren hatte, sparte auch seine Überlegungen nicht aus und bat Theodore schließlich, sich dazu zu äußern.
Theodore versuchte daraufhin, erst einmal alles in Abrede zu stellen, doch als er merkte, daß er mit dieser Tour nicht durchkam, trat er die Flucht nach vorn an. Ja, er habe erstaunt getan, als Emile ihm gestern Vorhaltungen gemacht habe, ja, er habe sich nachher gerühmt, nichts zu sehen, nein, er könne keine Entfernungen abschätzen.
»Woher auch?« fügte er hinzu. »Sie könnten es auch nicht, wenn Sie ständig die Augen geschlossen hätten.«
»Das stimmt«, erwiderte Lesseps, schwieg, und für einen Mo-

ment schien es, als ob Theodore das Spiel gewonnen hätte. Doch da sprang Binswanger ein und stellte jene Fangfrage, die sich später als entscheidend herausstellen sollte: »Sagen Sie mal, Theo, wollen Sie das eigentlich auch in Zukunft so halten?«

»Was?«

»Das beabsichtigte oder unbeabsichtigte Augenzukneifen während der Arbeit?«

»Unbedingt.«

»Bis in alle Zukunft?«

»Ja. So wahr ich hier stehe.«

Binswangers Gesicht hellte sich auf, mit einem triumphierenden Lächeln wandte er sich an Lesseps und die Arbeiter. »Danke, das genügt. Keine weiteren Fragen.«

Lesseps nickte Binswanger anerkennend zu. Nun wußte auch er genug: »Theo, tut mir leid, aber mit einem solchen Vorarbeiter kann ich nicht länger zusammenarbeiten. Wer hier Vorarbeiter sein will, der muß die Augen offenhalten können. Und zwar auch und gerade den Tag über. Sie können Ihre Papiere sofort abholen.«

»Aber...« wollte Theodore einwenden, doch er wußte, daß er verspielt hatte. Wie betäubt ließ er sich abführen, steckte seine Papiere ein und verschwand auf Nimmerwiedersehen.

*

Emile wurde sein Nachfolger. Die Bauarbeiten kamen zügig voran. Einige Fragen blieben zwar noch offen, doch Lesseps konnte sein Werk verwirklichen.

HERR GRAF, DIE PFERDE SIND GESATTELT!
WER IST GESATTELT?

*Gib nicht so an*

... DEINEM SCHNABEL ...
... UND DEINEM LANGEN HALS ?

DAS BIST DU
BEI GOTT NICHT,
MEIN LIEBER!

Traugott v. M. in: „Die Fehlleistung“
Komtess, seien Sie mir bitte nicht möse, wenn ich Ihr Fricker-chen störe, aber ich wollte Sie schwanz im Verdauen fragen, ob Sie zum Bei-schlaf ... äh ... Bleistiel damit einverstände ... äh ...
Wiebitte?

# *Die Ergreifung*

# Der Vergleich

## *Durch Bella Italia mit der – – Nuckelpinne*

»Na, Alte, was hältst du von einer Spritztour durch Bella Italia?« Dieser Ruf erschallte eines schönen Frühlingsmorgens durch das schmucke Schwarzwaldhäuschen, als dessen Besitzer jeder in Kniedorf Gerhard Wohlgemut benannt hätte.
Und kein anderer hatte auch diese Worte geäußert, die nun eine von ihm zweifellos beabsichtigte Wirkung zeitigten. Denn hast du nicht gesehen, öffnete sich die Küchentür und die so summarisch als »Alte« Angeredete – in Wirklichkeit eine prächtige Frau von etwa 35 Jahren – trat auf den Flur.
Marie, so war ihr Name im Paß vermerkt, und als Nachnamen konnte man dort einen Namen lesen, der uns nun schon vertraut ist, den Namen Wohlgemut.
»Gerhard, ist das dein Ernst?«
»Klar. Schau mal, was da draußen steht.«
»Ein Auto! Wie kommt denn das hierher?«
»Von selbst bestimmt nicht!«
»Du hast es gekauft?!«
In Maries Stimme lag ein Jauchzen.
»Hat es schon einen Namen?«
»Klar«, brummte Gerhard und zwinkerte verräterisch mit den Augen. »Nuckelpinne.«
»Nuckelpinne, wie hübsch. Und wann soll's losgehen?«
»Wenn du willst, sofort.«
»Ach Gerhard, wie herrlich!«
Zwei Stunden, nachdem dieses Gespräch stattgefunden hatte, lag das Reisegepäck wohlverstaut im Kofferraum, und auf den beiden vorderen Plätzen befanden sich die beiden Personen, die wir nun schon kennen und die sicher nichts dagegen haben werden, wenn wir sie ab jetzt ganz einfach mit ihren Vornamen anreden.
Hinter dem Steuer saß – wie könnte es anders sein – der stolze Besitzer Gerhard. Neben ihm hockte Frau Marie und strahlte aus allen Knopflöchern. Und ab ging's.
Zuerst mit Karacho durch das verschlafene Schwarzwaldstädt-

chen, dessen Bewohner nicht schlecht staunten, als sie das seltsame Gefährt daherrauschen sahen.
»Na, Alte, was sagst du zu unserer Nuckelpinne? Unser fahrbarer Untersatz hat einen ganz schönen Zack drauf – wie?«
»Fahr nicht so schnell, Gerhard.«
Unter solchen Gesprächen verging die Zeit bis Trient.
»Trento«, stellte Gerhard fest. »Trient ist wohl zu schwer für die Spaghettifresser. Na, hier werden wir, schätze ich, mal ausgiebig an der Matratze horchen. Schau mal links – der Campanile. Also bauen können sie!«
Ein Hotel zu einem annehmbaren Preis war schnell gefunden, der Wirt begleitete die Gäste persönlich in das Zimmer, wo Gerhards Interesse rasch von dem Doppelbett gefesselt wurde. Vor den Augen des erstaunten Wirtes ließ er sich auf die Bettstatt plumpsen und stand mit verdüsterter Miene wieder auf.
»Das quietscht ja. Das Bett – il letto, capisci?«
Der Wirt zuckte mit den Achseln, offenbar gingen diese Worte nicht in seinen braunen Schädel.
»Das quietscht. Fa quietschi, quietschi. Niente capito? Kommen Sie mal. Horchen Sie mal. Hier. Macht quietsch, quietsch. Il letto quietsche. Claro?«
Nun wollte der Wirt unter Zuhilfenahme aller Extremitäten irgendwelche Beschwichtigungsversuche vorbringen, doch Gerhard stoppte seinen Redeschwall. »Für das Geld, was das hier kostet, kann man auch ein Bett erwarten, das einen ruhigen Schlaf garantiert. Garantia – capito? Bene schlafen. Voglio bene schlafen senza quietsch, quietsch. Ich zehn Stunden im Auto, sempre wrumm, wrumm, nun ich müde. Ich schlafen. Ohne quietsch, quietsch. Va bene?«
Doch unser armer Italiano schien nichts zu begreifen. Dann schließlich ging ein Leuchten über sein Gesicht, und er verschwand eilig auf dem Flur, freilich nur, um zwei weitere Kissen hereinzutragen.
Am nächsten Morgen, nach so, so verbrachter Nacht, gab dieser Vorfall unseren beiden Helden noch Anlaß zu einem scherzhaften Wortwechsel.
»Irgend jemand mußte es dem Wirt ja einmal sagen.«

»Du hast dich absolut richtig verhalten, Gerhard.«
Hinter Trient veränderte sich die Landschaft ziemlich rasch.
»Weniger Hügel, mehr Flachland, das muß ich mir merken«, sagte Gerhard, während der Marie fast die Augen aus dem Kopf fielen.
»Guck mal, da geht wieder so ein Mann mit einem Korb unter dem Arm.«
»Ging da schon mal einer?«
»Ja, vorhin. Hast du ihn nicht gesehen?«
»Nein, ich war zu sehr von dem Säulengang gefesselt.«
»Den hab ich nun wieder nicht gesehen.«
»Solltest du aber. Anstatt Männern nachzuschauen.«
»Gerhard, du weißt doch, wie es gemeint war!«
»Klar. Sollte auch nur ein Scherz sein.«
Bis Florenz ging alles gut. Dann tauchte in der Ferne die Domkuppel auf.
»Scheint il duomo zu sein«, bemerkte Gerhard mit Kennerblick. »Brunelleschis Meisterwerk. Röter, als ich dachte.«
Marie war ganz Ohr, als sich die Nuckelpinne ihren Weg durch das Verkehrschaos der Stadt am Arno bahnte und Gerhard seine Erläuterungen abgab.
»Jetzt muß gleich der Palazzo Vecchio kommen. Da hat früher der Stadtrat getagt. Was war denn das da links?«
Der erste Vormittag gehörte ganz und gar den Uffizien. Die Meisterwerke der Malerei wurden ausgiebig begutachtet, und dann war eine kleine Stärkung fällig.
»Voglio un poco mangiare«, bedeutete Gerhard dem dienstbaren Geist der Trattoria, der bald, mit einer Speisekarte bewaffnet, wiederauftauchte.
»Na, was gibt's denn hier Gutes?« Mit diesen Worten vertiefte er sich in la carta. »Also, da kenn sich einer aus. Alles so ein Brutta con Tutta und Cotschelone alla Panna-Zeug. Was nimmst du? Ich nehme Spaghetti.«
Da wollte Marie nicht nachstehen. »Was ist denn das hier?« Der Kellner klaubte seine zugestandenermaßen etwas armseligen Deutschkenntnisse zusammen und erklärte: »Eine schöne Fleisch von Huhn mit Reis.«

»Eine schöne Fleisch – der gefällt mir!« sprang Gerhard hilfreich ein. »Der meint wahrscheinlich schönes Hühnerfleisch. Würde ich nehmen. Und dazu« – nun wieder zum Kellner gewandt – »und dazu eine Fanta. Habt ihr nicht? Dann vino rosso.«
Ziemlich belämmert zog der cameriere ab, doch nach stattgehabter Atzung waren die beiden Reisenden wieder ganz obenauf und schauten sich Santa Croce an.
»Komm mal hier rüber, so siehst du die Giottos am besten.«
»Ja, jetzt sehe ich sie auch.«
»Ganz schön schmissig, was?«
Der Toskana waren zwei weitere Tage gewidmet.
»O sole mio«, mit diesen Worten steuerte Gerhard die wackere Nuckelpinne weiter südwärts. Eines Tages wachten unsere Reisenden in Amalfi auf, und Gerhard plierte mißtrauisch durch die Jalousie. »Niente sole«, stellte er ärgerlich fest. Dazu kam, daß die Penunzen langsam knapp wurden.
»Aber Rom war doch schön.«
»Da schien auch noch die Sonne.«
»Das stimmt.«
»Na, juckeln wir mal gemächlich die Küstenstraße runter. Die Sonne wird schon wieder scheinen.«
In der Tat, bald lugte sie wieder hinter den Wolken hervor, und schnell stieg das Stimmungsbarometer unserer beiden Italienfahrer wieder auf Markierung »Prima«.
Vor einer Kurve trat Gerhard plötzlich auf die Bremse und lenkte die Nuckelpinne auf einen Rastplatz. »Mal ein bißchen lucki, lucki machen«, erklärte er seiner besseren Hälfte und schaute die Steilküste runter. Mit einem italienischen Herrn, der dasselbe tat, kam er ins Gespräch.
»Das da unten nennen wir in Germania eine Haarnadelkurve.«
Doch der Italiener schien immerzu Bahnhof zu verstehen.
»Haarnadelkurve«, erklärte Gerhard mit Nachdruck.
»Curva, si, si.«
»Niente curva. Haarnadelkurva!«
Der Italiener begriff immer noch nicht.
»Passen Sie auf. Curva – si?«
»Si.«

»Bene. Und questa Kurva e una Haarnadelkurva. Capito?«
Der Italiener schüttelte den Kopf.
»Haarnadel – capisce Haarnadel?«
Nein, er begriff nichts.
»Haarnadel – come si dice? Hier, ecco –« Gerhard deutete auf seinen Kopf. »Das sind Haare. Hair, Hier oben. Und nun... le donne, Frau – capito? Le donne haben langes Haar... questa cosa longa – und dafür Nadeln... Haarnadeln – capisce. Nadeln per hier oben – claro?«
Der Italiener guckte immer noch wie nicht gescheit.
»Paß mal auf. Nadeln – ja? Si qualque cosa e kaputto, ja? Dann sie prende una Nadel per fare bene...« Gerhard machte die Bewegung des Nähens, »Nadel – capito? Questa e una Nadel. Und una Nadel per hier oben e una Haarnadel und questa Kurva e una Haarnadelkurva. Con la forma di una Haarnadel – capito?«
»Gerhard, laß doch, der begreift's nicht.«
»Ich glaub's beinahe auch. Na, macht nichts. Tschau!«
Wieder im Wagen, konnte er sich jedoch längere Zeit nicht beruhigen.
»Er hätte es doch wirklich begreifen können, der Italiano!«
»Es ging vielleicht über seinen horizonto«, meinte Marie begütigend und brachte so den Göttergatten wieder zum Schmunzeln.
Trotzdem hätte die in Maries Worten enthaltene Mahnung Gerhard vorsichtiger werden lassen müssen, aber in Riccione stach ihn der Hafer noch einmal. Und dabei hätte es beinahe Ärger gegeben.
»Mit Ihnen würde ich gerne ein Nümmerchen schieben«, bedeutete er einer Kellnerin, die verlegen die Achseln zuckte.
»Also Nummer...« versuchte Gerhard zu erklären.
»Numero?«
»Ja, bene, numera. Ich – ego – io – ja?«
Das schöne Kind nickte und bemühte sich augenscheinlich, hinter den Sinn von Gerhards Worten zu kommen.
»Io Nümmerchen – una piccola numera, io una piccola numera con te – capito?«

Das hörte Marie ja nicht so gern: »Gerhard, laß das doch!«
Doch Gerhard wollte nun mal keine Ruhe geben: »Guck lieber nach, was ›schieben‹ heißt.«
»Das kannst du dir selber raussuchen«, stieß Marie wütend hervor, schmiß Gerhard das Wörterbuch auf den Tisch und wollte gerade die beleidigte Leberwurst spielen, als Gerhard ihr durch ein Zwinkern bedeutete, daß er nur Spaß machte.
»Also wir piccola numera schieben, wir insieme – si?«
»Sieben?« fragte die Kellnerin und provozierte ungewollt eine nur mühsam unterdrückte Heiterkeit bei unseren Freunden.
»Nicht sieben. Sieben e sette. Schieben. Wir Nümmerchen schieben – ja?«
»Nümmerschen?«
»Una piccola numera solo – wir zwei Hübschen – capito?«
Aber die Brave begriff immer noch nicht, und schließlich ließ es Gerhard des grausamen Spiels genug sein. Die Kellnerin ging, und endlich konnte Marie ihrem angestauten Gelächter freien Lauf lassen.
Noch im Hotelzimmer wollte sie sich nicht beruhigen: »Nümmerschen sieben – also wie sie das gesagt hat!«
Doch auch die schönsten Ferien gehen einmal zu Ende. Unerbittlich flatterte Kalenderblatt auf Kalenderblatt zu Boden, bis es auf einmal Abschiednehmen hieß.
»Schön war's in Italia, doch schön ist auch Germania«, sang Gerhard, über das Lenkrad der unverwüstlichen Nuckelpinne gebeugt, und Marie summte den Refrain versonnen mit.
»Es waren doch trotz allem ganz herrliche Tage, wie?«
»Ganz herrliche Tage.«
Und dann tauchten plötzlich zwei Schilder auf. »Bundesrepublik Deutschland« stand auf dem einen. »Freistaat Bayern« auf dem anderen.
»Man« war wieder zu Hause: Gerhard, Marie und – nicht zu vergessen – die brave Nuckelpinne, die die ganzen drei Wochen wirklich ausgesprochen gut überstanden hatte.
»Buon giorno, Germania!« rief unser Italienfahrer übermütig aus.
Und war es mehr als nur ein Zufall, daß ihm das erste »Grüß

Gott« seit drei Wochen – es war der Zöllner, der es aussprach – wie Musik in den Ohren klang?

*Was bisher geschah: Seit die Menschen reden können, reden sie aneinander vorbei. Das wäre nicht weiter schlimm, wenn es dabei nicht dauernd zu Mißverständnissen käme, wie das folgende Beispiel aus den zwanziger Jahren beweist…*

»Ich würge alle Frau'n, ob blond ob braun« – mit diesen Worten betrat ein Mann, der sich als »Der singende Würger« vorstellte, am 12.3.1921 die Waffelbäckerei Herzog, in der sich zu diesem Zeitpunkt nur die Waffelbäckerin Hedwig befand.
»Sie wünschen?« fragte sie, vom Waffelbottich aufschauend.
»Heut denk ich nicht an mürgen, heut möcht ich Sie gern würgen!« entgegnete der Würger, der mit bürgerlichem Namen Panskus hieß.
»Wie bitte?« fragte Hedwig.
»Heut denk ich nicht an mürgen…« wiederholte Panskus.
»Sie meinen wohl ›morgen‹?«
»Auch gut. Also: Heut denk ich nicht an morgen, heut möcht ich Sie gern…«

»Worgen?«
»Das nicht gerade.«
»Sondern?«
»Würgen!«
»Mich?«
»Nein, Sie!«

Aber es sollte noch schlimmer kommen. Nun nämlich entwickelte sich der folgende Dialog:

HEDWIG: Mein Herr! Ich bin ein anständiges Mädchen! Ich lasse mich nicht von jedem...

PANSKUS: Nicht, was Sie denken. Ich will Sie doch nur würgen!

HEDWIG: Ja, ja, so seid ihr Männer. Alle wollen immer nur das...

PANSKUS: Nein! Das will ich doch gar nicht! Ich will Sie würgen!

HEDWIG: So kann man es auch nennen!

PANSKUS: Aber so begreifen Sie doch! Ich will Sie...

HEDWIG: Ja?

PANSKUS: Würgi, würgi – Du verstehn?

HEDWIG: Kein Strich!

PANSKUS: Wie kann man nur so dä...

HEDWIG: Also wenn Sie frech werden wollen, dann...

PANSKUS: Will ich doch gar nicht! Ich will Sie doch nur...

HEDWIG: Also mit mir nicht!

Da wandte sich der Würger seufzend ab, griff sich seinen Knappsack, schritt auf die Tür zu, drehte sich noch einmal um, setzte an zum »Gut, ich will nichts überstürzen, vielleicht kann ich Sie morgen wür...«, merkte, daß auch dieser Reim daneben zu geraten drohte, schwieg und trollte sich.

Hedwig aber wandte sich seufzend wieder ihrem Waffelbottich zu. Gar so unsympathisch hatte er ja gar nicht ausgesehen, der Fremde, überlegte sie, und unwillkürlich formten ihre Hände ein kleines Herz aus Waffelteig, das sie freilich sogleich wieder ärgerlich zusammendrückte.

»Würgen! Mich!« dachte sie. »Das wäre ja geradeso, als ob einer mich würgen wollte!«

Und bei diesem Gedanken mußte sie unwillkürlich lächeln...

ENTSCHULDIGEN SIE BITTE...
..DA KOMMT EIN BEKANNTER VON MIR. KÖNNTEN SIE MIR IHRE HOSE LEIHEN?
SICHER, BITTE...

DANKE...
GUTENTAG!
GUTEN TAG!
JETZT KÖNNEN SIE SIE WIEDERHABEN...
ACH, NEIN DANKE...
...ICH FÜHLE MICH SO WOHLER. AUF WIEDER-SEHEN!

ES IST SCHON HART, EIN BLINDER JÄGER ZU SEIN ...

ICH WEISS ÜBERHAUPT NICHT, WAS IM REVIER GESPIELT WIRD ...

... ALS ICH ES PACHTETE, SAGTE MAN MIR, DASS ES DORT HIRSCHE GÄBE ...

... EHRLICH GESTANDEN, ICH GLAUBE ES NICHT. NA JA, MIT MIR KÖNNEN SIE ES JA MACHEN ...

Lass uns eine
Brücke zwischen Tier und Mensch
schlagen...
Gern!

Auf die Plätze...

... fertig ...

Los!

Jetzt habe
ich
das erschossen,
das mir
das Liebste
war
auf der
Welt...

# *Drei Berliner Geschichten*
*(1964/65)*

## Schwänzchen

P. saß am Fenster und zeichnete die winterliche Stadtlandschaft, die schwarzen Spuren der Autoreifen hatten es ihm angetan. M. brachte eine Lampe in Ordnung, der Stecker war kaputt, und er schraubte ihn mit einer Messerspitze auf. F. malte einen Dampfer, der unter einer Brücke hindurchfuhr. R. spielte Gitarre und summte vor sich hin. Das tat er seit einiger Zeit, und er hatte bereits die Anfangszeilen eines kleinen Liedes beisammen: »Und der Main fließt in den Rhein rein, und am Rhein da wächst der Rheinwein. Flöß der Main nicht in den Rhein rein, wüchs am Rhein auch nicht der Rheinwein.«
Da klingelte es. M. ließ die Lampe los und ging zur Tür. Draußen stand Barbara mit einem Jungen, der sie an der Hand hielt. Er war etwa elf Jahre alt.
»Grüß dich, Barbara«, sagte M. und nahm vorweg, was die anderen dann auch sagten: »Tag, Barbara.« »Wie gehts, Barbara?« »Grüß dich, Barbara.«
Daß der Knabe einen Husch hatte, wurde bald deutlich. Er schielte leicht und trug eine große Brille. »Was sind denn das für Farben?« fragte er und faßte in die Häufchen von Pulverfarben, die auf F. s Glasscheibe ihre bunten Gipfel in die Höh' reckten. Barbara wischte ihm die Hand ab. »Sag mal Hexamethylentetravitol«, sagte sie dabei, und das Wunderkind zögerte keinen Augenblick: »Hexamethylentetravitol.«
»Das habe ich ihm beigebracht«, sagte sie. »Er heißt Michael, ich passe auf ihn auf. Drei Mark in der Stunde. Ist Helga da? Ich muß sie was fragen.«
F. nickte, und schon war sie draußen, sie kannte den Weg. Der Knabe setzte sich auf einen Stuhl und begann die Farbreste, die er noch an der Hand hatte, in sein Ohr zu schmieren. Bald war es krapplackrot. Im Licht von M.s Lampe, die nun wieder in Ordnung war, leuchtete es.

»Um das noch zu sagen«, sagte P. »Wenn der Himmel dunkel wird, ist das Weiß der Dächer merkwürdig hell. Nur wenig dunkler ist die verschneite Straße, und das Geflecht der Spuren wirkt zeichenhaft.«
M. schaltete seine Lampe an und aus. »Sie ist wieder in Ordnung. Schaut mal her, sie geht wie geschmiert.« Das Krapplackrot des Knaben glühte auf und verlosch.
»Ich mach das Oberlicht an«, sagte F. »Ich seh meinen Dampfer nicht mehr.«
»Man sieht mich nur im Oberlicht, der Dampfer auf dem Flusse spricht«, sang R. und ließ es wieder. Dann wurde es hell, und alle blinzelten.
»Wo kommen eigentlich die Kinder her?« sagte der Knabe und ließ von seinem Ohr ab. »Ich meine, wirklich.«
R. hörte mit dem Singen auf und fragte: »Wo soll wer herkommen?«
»Die Kinder.«
M. stellte die Lampe auf den Tisch und schaute das Kind aufmerksam an. Es schielte wie vorher und blickte silbern und erwartungsvoll. »Barbara sagt, daß Mann und Frau die Kinder machen, stimmt das? Ich glaub es nämlich nicht.« Dabei lachte er auf eine seltsame Art. M. erinnerte es an Bergziegen, die er in einem Kulturfilm gesehen hatte. Bergziegen, weiße Tiere mit äußerst dichtem Fell, die in den Gebirgen Nordamerikas leben, stoßen während der Brunftzeit hohe, langsam leiser und tiefer werdende Töne aus.
P. beendete seine Zeichnung und blies sie vorsichtig an, um die Skriptolpfützen zu trocknen.
»Barbara hat ganz recht, Mann und Frau machen die Kinder«, sagte R.
»Aber wie?« fragte Michael.
»Erklär's ihm doch mal«, sagte P. zu R. »Er ist jetzt in dem Alter, in dem kleine Kinder aufgeklärt werden sollten.«
»Ja«, sagte F. »Wo du doch Lehrer werden willst. Da mußt du so etwas auch können.«
»Warum soll ausgerechnet ich das tun?« fragte R. »Hat dir dein Vater noch nichts davon erzählt?«

»Der ist tot«, sagte der Knabe.
»Und deine Mutter, hat die nichts gesagt?«
»Die ist auch tot.«
»Bei wem lebst du denn?«
»Bei meiner Großmutter.«
»Ach Gott.«
»Na, paß auf«, sagte R. »Die Männer haben ein Geschlechtsorgan. Das dient der Fortpflanzung. Es ist eine Art Schwänzchen.«
»Das ist nicht eine Art Schwänzchen«, sagte F. »Es ist ein Glied, das größer werden kann, wenn der Mann sexuell gereizt wird, ein Penis also.«
»Laß doch mal, das begreift ein Kind doch gar nicht. Es ist eine Art Schwänzchen, das größer werden kann. Das stimmt. Unten dran ist ein Säckchen, und darin sind die Eier. Das wirst du sicher schon gesehen haben.«
»›Die Eier‹ ist nicht richtig«, sagte F., der die Pinsel auswusch, er hatte genug vom Malen. »›Die Eier‹, das täuscht. Es sind zwei. Ich sag das nur, damit Michael keine falschen Vorstellungen bekommt wie ich seinerzeit. Ich dachte nämlich, daß andere mehr hätten. Ein Klassenkamerad prahlte damit, daß er sechzehn habe, was mich in meiner sexuellen Entwicklung sehr hinderte.«
»Sechzehn ist natürlich Unfug«, sagte P. »Aber vier gibt es. Im Bilderlexikon der Sexualität werden solche Fälle in Mengen geschildert. Freilich sind zwei das Normale.«
»Ich weiß nicht, ob das alles nicht abführt«, sagte M. »Ihr müßt doch dem Knaben erst einmal die Grundtatsachen erzählen. Jetzt schon von vier Eiern zu reden ist falsch, solange Michael noch gar nicht weiß, wozu die zwei gut sind. Aufklärung soll doch nicht verwirren, sondern Klarheit schaffen. Jetzt müßte erst einmal der Samen zur Sprache kommen.«
Das verärgerte R. »Ich wollte gerade etwas darüber sagen, da kam F. mit seinen sechzehn Eiern dazwischen. Das ist nicht meine Schuld. Also hör zu, Michael. In den Eiern ist der Samen, das ist wie bei den Pflanzen.«
Der Knabe zog ein Bein hoch und stützte seine Arme drauf. Licht fing sich in seiner Brille, und er begann, mit dem roten

Ohr zu wackeln. R. fragte sich, ob es einen Sinn habe, noch weiterzureden, als Michael »Und?« sagte.
»Ja, bei den Pflanzen. Wenn du einmal einen Apfel gegessen hast, wirst du gesehen haben, daß in der Mitte Kerne sind. Das ist der Samen des Apfels. Der wird in die Erde gepflanzt, und daraus entsteht dann ein neuer Apfelbaum.«
»Jetzt erzähl ihm auch etwas von den Schmetterlingen«, sagte F. »Das wird Michael vielleicht auch interessieren. Wenn er einmal einen Schmetterling gesehen hat, wird er sicher den kleinen Schniepel bemerkt haben, den das Schmetterlingsmännchen zwischen den Flügeln hat.«
»Wenn du es besser kannst, klär du ihn doch auf«, sagte R. und griff wieder zur Gitarre. »Meinst du, daß ich es zum Spaß mache?«
»Das nicht. Aber ich weiß aus eigener Erfahrung, daß diese Metaphorik nur Unheil anrichtet. Du kannst doch nicht den Samen des Mannes mit Apfelkernen vergleichen, das ist etwas völlig anderes. Der Apfelkern: braun, hart, mit dem Auge erkennbar, der männliche Samen dagegen weißlich...«
»Eine Milliarde geht in einen Fingerhut«, sagte P., der begonnen hatte, den Knaben zu zeichnen. Wie der so dunkel vor der hellen Wand kauerte, auf seinem Stuhl, von dem das eine Bein herabschlenkerte, während das andere, zusammen mit dem Oberkörper, eine schwer zu gliedernde, große Form bildete, sah er auch ganz schön zeichenhaft aus.
»Es sind wohl weniger, ich habe nur von Millionen gehört«, sagte R. »Auf jeden Fall sind es sehr viele, Michael. Sie haben einen kleinen, runden Kopf und hinten ein Schwänzchen dran.«
F. stand auf. »Nun hör doch mit den Schwänzchen auf. Das muß den Knaben auf die Dauer verwirren. Der kann doch die ganzen Schwänzchen schon gar nicht mehr auseinanderhalten. Was zeichnest du denn? Ach so. Solche Erklärungen sind reine Glasperlenspiele, solange nicht alles auf das andere Geschlecht bezogen wird. Der Mann *und* die Frau machen das Kind.«
»Wenn Vater und Mutter sich sehr lieb haben, schlafen sie miteinander, und dann entsteht im Körper der Mutter neues Le-

ben«, sagte R. »So kann man es natürlich auch sagen. Da weiß Michael endlich ganz genau Bescheid. Nicht wahr, Michael?«
Der Knabe sah forschend von einem zum anderen, und als er sah, daß P. lachte, begann auch er, auf seine merkwürdige Art zu lachen.
»Da gibt es nichts zu lachen«, sagte F. »Wenn nicht auch von der Frau gesprochen wird, ist das Gerede von den Schwänzchen ein Unfug.«
»Dann sag du ihm doch, wozu das Schwänzchen gut ist«, sagte R.
F. sortierte seine Pinsel und blickte den Knaben an, der nicht mehr lachte.
»Nun gut. Der Samen ist also ein Mann, und er muß in die Frau. Wie schafft er das?«
»Da bin ich aber gespannt«, sagte R. »Erzähle weiter.«
»Ja, wie mag er das nur bewerkstelligen?« wollte auch M. wissen.
»Seid doch still«, sagte F.
»Sei nicht böse, Onkel«, sagte R. »Wie kommt der Samen in die Frau?«
»Das wollte ich Michael gerade sagen. Aber wenn ihr alles lächerlich macht, hat es weiß Gott keinen Sinn.« F. schwieg, der Knabe zog sein anderes Bein ebenfalls auf den Stuhl und schaute F. an. »Also hör zu. Die Frauen haben auch ein Geschlechtsorgan, und zwar steht es nicht so vor wie beim Mann.«
»Da steht es auch nicht immer vor«, sagte R.
»Sondern es ist im Bauch. Unten zwischen den Beinen haben die Frauen eine Spalte.«
»Jetzt begreif ich alles«, sagte R. und faßte sich an den Kopf.
»Und weiter drin ist der Eierstock, der sondert einmal im Monat ein Ei ab, das kann dann befruchtet werden.«
»Kann, aber muß nicht«, sagte M. »Erzähl ihm das ruhig auch, damit er nicht denkt, daß es bei jedem Mal passiert. Ich habe das früher geglaubt und mich auf kein Mädchen raufgetraut. Falsche Aufklärung kann einen ganz schönen Schaden anrichten.«
»Aber Michael ist doch eben überhaupt nicht in der Lage, auf eine Frau zu steigen. Da braucht er solche Einzelheiten nicht zu erfahren.«
»Unberufen«, sagte M. »In Ägypten ist vor Jahren ein Neun-

jähriger Vater geworden. Wenn man dem rechtzeitig die volle Wahrheit gesagt hätte, stünde er heute anders da.«
»Was ist ein Eierstock?« fragte der Junge.
»Ach«, sagte F. und zog seinen Malermantel wieder an. »Das wird dir Onkel R. sicher gerne sagen. Ich muß jetzt wieder etwas malen.«
»Warum ich? M. hat noch kein aufklärendes Wort gesprochen.«
»Der Eierstock«, sagte M., »ist ein kleines Schwänzchen, das an der Gebärmutter hängt.«
Vor der Tür gab es ein Geräusch, und Barbara und Helga kamen herein, gerade als F. sagte, daß die Gebärmutter kein Schwänzchen habe.
»Spinnt dem Michael doch nichts vor«, sagte Barbara und wischte das Ohr des Knaben sauber. »Komm, Michael, wir müssen jetzt gehen. Was habt ihr ihm denn erzählt?«
»Wir haben ihn aufgeklärt.«
»Ach so, das ist schön. Aber das mit dem Schwänzchen an der Gebärmutter ist doch wohl Unfug, oder?«
»Das war ein Scherz von M.«
Sie verabschiedeten sich. Der Knabe ging etwas unwillig hinter ihr her, offenbar hatte es ihm gefallen.
»Die sind weg«, sagte F. und schloß die Tür. »Verschon mich Gott vor Kindern, die ich einmal aufzuklären habe.«
»Jetzt weißt du aber, wo sie herkommen«, sagte M.
R. griff einige Akkorde auf der Gitarre und sang: »Alle meine Entchen schwimmen auf dem See, schwimmen auf dem See, Köpfchen in das Wasser...«
»Ach, sei doch still«, sagte F. »Du hast es auch nicht besser gemacht.«
»Die Sexualität ist nicht nur ein Segen, sondern auch ein Fluch des Menschen«, sagte P. und fand Zustimmung.
»So ist es.«
»In der Tat.«
»Wer wollte das bezweifeln.«

## Die Falle

Da Herr Lemm, der ein reicher Mann war, seinen beiden Kindern zum Christfest eine besondere Freude machen wollte, rief er Anfang Dezember beim Studentenwerk an und erkundigte sich, ob es stimme, daß die Organisation zum Weihnachtsfest Weihnachtsmänner vermittle. Ja, das habe seine Richtigkeit. Studenten stünden dafür bereit, 25 DM koste eine Bescherung, die Kostüme brächten die Studenten mit, die Geschenke müßte der Hausherr natürlich selbst stellen. »Versteht sich, versteht sich«, sagte Herr Lemm, gab die Adresse seiner Villa in Berlin-Dahlem an und bestellte einen Weihnachtsmann für den 24. Dezember um 18 Uhr. Seine Kinder seien noch klein und da sei es nicht gut, sie allzulange auf die Bescherung warten zu lassen. Der bestellte Weihnachtsmann kam pünktlich. Er war ein Student mit schwarzem Vollbart, unter dem Arm trug er ein Paket.
»Wollen Sie so auftreten?« fragte Herr Lemm.
»Nein«, antwortete der Student, »da kommt natürlich noch ein weißer Bart darüber. Kann ich mich hier irgendwo umziehen?«
Er wurde in die Küche geschickt. »Da stehen aber leckere Sachen«, sagte er und deutete auf die kalten Platten, die auf dem Küchentisch standen. »Nach der Bescherung, wenn die Kinder im Bett sind, wollen noch Geschäftsfreunde meines Mannes vorbeischauen«, erwiderte die Hausfrau. »Daher eilt es etwas. Könnten Sie bald anfangen?«
Der Student war schnell umgezogen. Er hatte jetzt einen roten Mantel mit roter Kapuze an und band sich einen weißen Bart um. »Und nun zu den Geschenken«, sagte Herr Lemm. »Diese Sachen sind für den Jungen, Thomas«, er zeigte auf ein kleines Fahrrad und andere Spielsachen –, »und das bekommt Petra, das Mädchen, ich meine die Puppe und die Sachen da drüben. Die Namen stehen jeweils drauf, da wird wohl nichts schiefgehen. Und hier ist noch ein Zettel, auf dem ein paar Unarten der Kinder notiert sind, reden Sie ihnen mal ins Gewissen, aber verängstigen Sie sie nicht, vielleicht genügt es, etwas mit der Rute zu drohen. Und versuchen Sie, die Sache möglichst rasch zu machen, weil wir noch Besuch erwarten.«

Der Weihnachtsmann nickte und packte die Geschenke in den Sack. »Rufen Sie die Kinder schon ins Weihnachtszimmer, ich komme gleich nach. Und noch eine Frage. Gibt es hier ein Telefon? Ich muß jemanden anrufen.«
»Auf der Diele rechts.«
»Danke.«
Nach einigen Minuten war dann alles soweit. Mit dem Sack über dem Rücken ging der Student auf die angelehnte Tür des Weihnachtszimmers zu. Einen Moment blieb er stehen. Er hörte die Stimme von Herrn Lemm, der gerade sagte: »Wißt ihr, wer jetzt gleich kommen wird? Ja, Petra, der Weihnachtsmann, von dem wir euch schon so viel erzählt haben. Benehmt euch schön brav...«
Fröhlich öffnete er die Tür. Blinzelnd blieb er stehen. Er sah den brennenden Baum, die erwartungsvollen Kinder, die feierlichen Eltern. Es hatte geklappt, jetzt fiel die Falle zu. »Guten Tag, liebe Kinder«, sagte er mit tiefer Stimme. »Ihr seid also Thomas und Petra. Und ihr wißt sicher, wer ich bin, oder?«
»Der Weihnachtsmann«, sagte Thomas etwas ängstlich.
»Richtig. Und ich komme zu euch, weil heute Weihnachten ist. Doch bevor ich nachschaue, was ich alles in meinem Sack habe, wollen wir erst einmal ein Lied singen. Kennt ihr ›Stille Nacht, heilige Nacht‹? Ja? Also!«
Er begann mit lauter Stimme zu singen, doch mitten im Lied brach er ab. »Aber, aber, die Eltern singen ja nicht mit! Jetzt fangen wir alle noch mal von vorne an. Oder haben wir den Text etwa nicht gelernt? Wie geht denn das Lied, Herr Lemm?«
Herr Lemm blickte den Weihnachtsmann befremdet an. »Stille Nacht, heilige Nacht, alles schläft, einer wacht...«
Der Weihnachtsmann klopfte mit der Rute auf den Tisch: »Einsam wacht! Weiter! Nur das traute...«
»Nur das traute, hochheilige Paar«, sagte Frau Lemm betreten, und leise fügte sie hinzu: »Holder Knabe im lockigen Haar.«
»Vorsagen gilt nicht«, sagte der Weihnachtsmann barsch und hob die Rute. »Wie geht es weiter?«
»Holder Knabe im lockigen...«

»Im lockigen was?«
»Ich weiß es nicht«, sagte Herr Lemm. »Aber was soll denn diese Fragerei? Sie sind hier, um...«
Seine Frau stieß ihn in die Seite, und als er die erstaunten Blicke seiner Kinder sah, verstummte Herr Lemm.
»Holder Knabe im lockigen Haar«, sagte der Weihnachtsmann, »Schlaf in himmlischer Ruh, schlaf in himmlischer Ruh. Das nächste Mal lernen wir das besser. Und jetzt singen wir noch einmal miteinander: ›Stille Nacht, heilige Nacht‹.«
»Gut, Kinder«, sagte er dann. »Eure Eltern können sich ein Beispiel an euch nehmen. So, jetzt geht es an die Bescherung. Wir wollen doch mal sehen, was wir hier im Sack haben. Aber Moment, hier liegt ja noch ein Zettel!« Er griff nach dem Zettel und las ihn durch.
»Stimmt das, Thomas, daß du in der Schule oft ungehorsam bist und den Lehrern widersprichst?«
»Ja«, sagte Thomas kleinlaut.
»So ist es richtig«, sagte der Weihnachtsmann. »Nur dumme Kinder glauben alles, was ihnen die Lehrer erzählen. Brav, Thomas.«
Herr Lemm sah den Studenten beunruhigt an.
»Aber...« begann er. »Sei doch still«, sagte seine Frau.
»Wollten Sie etwas sagen?« fragte der Weihnachtsmann Herrn Lemm mit tiefer Stimme und strich sich über den Bart.
»Nein.«
»Nein, lieber Weihnachtsmann, heißt das immer noch. Aber jetzt kommen wir zu dir, Petra. Du sollst manchmal bei Tisch reden, wenn du nicht gefragt wirst, ist das wahr?« Petra nickte.
»Gut so«, sagte der Weihnachtsmann. »Wer immer nur redet, wenn er gefragt wird, bringt es in diesem Leben zu nichts. Und da ihr so brave Kinder seid, sollt ihr nun auch belohnt werden. Aber bevor ich in den Sack greife, hätte ich gerne etwas zu trinken.« Er blickte die Eltern an.
»Wasser?« fragte Frau Lemm.
»Nein, Whisky. Ich habe in der Küche eine Flasche ›Chivas Regal‹ gesehen. Wenn Sie mir davon etwas einschenken würden? Ohne Wasser, bitte, aber mit etwas Eis.«
»Mein Herr!« sagte Herr Lemm, aber seine Frau war schon aus

dem Zimmer. Sie kam mit einem Glas zurück, das sie dem Weihnachtsmann anbot. Er leerte es und schwieg.
»Merkt euch eins, Kinder«, sagte er dann. »Nicht alles, was teuer ist, ist auch gut. Dieser Whisky kostet etwa 50 DM pro Flasche. Davon müssen manche Leute einige Tage leben, und eure Eltern trinken das einfach runter. Ein Trost bleibt: Der Whisky schmeckt nicht besonders.«
Herr Lemm wollte etwas sagen, doch als der Weihnachtsmann die Rute hob, ließ er es.
»So, jetzt geht es an die Bescherung.«
Der Weihnachtsmann packte die Sachen aus und überreichte sie den Kindern. Er machte dabei kleine Scherze, doch es gab keine Zwischenfälle, Herr Lemm atmete leichter, die Kinder schauten respektvoll zum Weihnachtsmann auf, bedankten sich für jedes Geschenk und lachten, wenn er einen Scherz machte. Sie mochten ihn offensichtlich.
»Und hier habe ich noch etwas Schönes für dich, Thomas«, sagte der Weihnachtsmann. »Ein Fahrrad. Steig mal drauf.« Thomas strampelte, der Weihnachtsmann hielt ihn fest, gemeinsam drehten sie einige Runden im Zimmer.
»So, jetzt bedankt euch mal beim Weihnachtsmann!« rief Herr Lemm den Kindern zu. »Er muß nämlich noch viele, viele Kinder besuchen, deswegen will er jetzt leider gehen.« Thomas schaute den Weihnachtsmann enttäuscht an, da klingelte es. »Sind das schon die Gäste?« fragte die Hausfrau. »Wahrscheinlich«, sagte Herr Lemm und sah den Weihnachtsmann eindringlich an. »Öffne doch.«
Die Frau tat das, und ein Mann mit roter Kapuze und rotem Mantel, über den ein langer weißer Bart wallte, trat ein. »Ich bin Knecht Ruprecht«, sagte er mit tiefer Stimme.
Währenddessen hatte Herr Lemm im Weihnachtszimmer noch einmal behauptet, daß der Weihnachtsmann jetzt leider gehen müsse. »Nun bedankt euch mal schön, Kinder«, rief er, als Knecht Ruprecht das Zimmer betrat. Hinter ihm kam Frau Lemm und schaute ihren Mann achselzuckend an.
»Da ist ja mein Freund Knecht Ruprecht«, sagte der Weihnachtsmann fröhlich.

»So ist es«, erwiderte dieser. »Da drauß' vom Walde komm ich her, ich muß euch sagen, es weihnachtet sehr. Und jetzt hätte ich gern etwas zu essen.«
»Wundert euch nicht«, sagte der Weihnachtsmann zu den Kindern gewandt. »Ein Weihnachtsmann allein könnte nie all die Kinder bescheren, die es auf der Welt gibt. Deswegen habe ich Freunde, die mir dabei helfen: Knecht Ruprecht, den heiligen Nikolaus und noch viele andere...«
Es klingelte wieder. Die Hausfrau blickte Herrn Lemm an, der so verwirrt war, daß er mit dem Kopf nickte; sie ging zur Tür und öffnete. Vor der Tür stand ein dritter Weihnachtsmann, der ohne Zögern eintrat. »Puh«, sagte er. »Diese Kälte! Hier ist es beinahe so kalt wie am Nordpol, wo ich zu Hause bin!«
Mit diesen Worten betrat er das Weihnachtszimmer. »Ich bin Sankt Nikolaus«, fügte er hinzu, »und ich freue mich immer, wenn ich brave Kinder sehe. Das sind sie doch – oder?«
»Sie sind sehr brav«, sagte der Weihnachtsmann. »Nur die Eltern gehorchen nicht immer, denn sonst hätten sie schon längst eine von den kalten Platten und etwas zu trinken gebracht.«
»Verschwinden Sie!« flüsterte Herr Lemm in das Ohr des Studenten.
»Sagen Sie das doch so laut, daß Ihre Kinder es auch hören können«, antwortete der Weihnachtsmann.
»Ihr gehört jetzt ins Bett«, sagte Herr Lemm.
»Nein«, brüllten die Kinder und klammerten sich an den Mantel des Weihnachtsmannes.
»Hunger«, sagte Sankt Nikolaus.
Die Frau holte ein Tablett. Die Weihnachtsmänner begannen zu essen. »In der Küche steht Whisky«, sagte der erste, und als Frau Lemm sich nicht rührte, machte sich Knecht Ruprecht auf den Weg. Herr Lemm lief hinter ihm her. In der Diele stellte er den Knecht Ruprecht, der mit einer Flasche und einigen Gläsern das Weihnachtszimmer betreten wollte.
»Lassen Sie die Hände vom Whisky!«
»Thomas!« rief Knecht Ruprecht laut, und schon kam der Junge auf seinem Fahrrad angestrampelt. Erwartungsvoll blickte er Vater und Weihnachtsmann an.

»Mein Gott, mein Gott«, sagte Herr Lemm, doch er ließ Knecht Ruprecht vorbei.
»Tu was dagegen«, sagte seine Frau. »Das ist ja furchtbar. Tu was!«
»Was soll ich tun?« fragte er, da klingelte es.
»Das werden die Gäste sein!«
»Und wenn sie es nicht sind?«
»Dann hole ich die Polizei!«
Herr Lemm öffnete. Ein junger Mann trat ein. Auch er hatte einen Wattebart im Gesicht, trug jedoch keinen roten Mantel, sondern einen weißen Umhang, an dem er zwei Flügel aus Pappe befestigt hatte.
Der Weihnachtsmann, der auf die Diele getreten war, als er das Klingeln gehört hatte, schwieg wie die anderen. Hinter ihm schauten die Kinder, Knecht Ruprecht und Sankt Nikolaus auf den Gast.
»Grüß Gott, lieber...«, sagte Knecht Ruprecht schließlich.
»Lieber Engel Gabriel«, ergänzte der Bärtige verlegen. »Ich komme, um hier nachzuschauen, ob auch alle Kinder artig sind. Ich bin nämlich einer von den Engeln auf dem Felde, die den Hirten damals die Geburt des Jesuskindes angekündigt haben. Ihr kennt doch die Geschichte, oder?«
Die Kinder nickten, und der Engel ging etwas befangen ins Weihnachtszimmer. Zwei Weihnachtsmänner folgten ihm, den dritten, es war jener, der als erster gekommen war, hielt Herr Lemm fest.
»Was soll denn der Unfug?« fragte er mit einer Stimme, die etwas zitterte. Der Weihnachtsmann zuckte mit den Schultern. »Ich begreif es auch nicht, warum er so antanzt. Ich habe ihm ausdrücklich gesagt, er solle als Weihnachtsmann kommen, aber wahrscheinlich konnte er keinen roten Mantel auftreiben!«
»Sie werden jetzt alle schleunigst hier verschwinden«, sagte Herr Lemm.
»Schmeißen Sie uns doch raus«, erwiderte der Weihnachtsmann und zeigte ins Weihnachtszimmer. Dort saß der Engel, aß Schnittchen und erzählte Thomas davon, wie es im Himmel aussah. Die Weihnachtsmänner tranken und brachten Petra ein Lied bei, das mit den Worten begann: »Nun danket alle Gott, die Schule ist bankrott.«

»Wieviel verlangen Sie?« fragte Herr Lemm.
»Wofür?«
»Für Ihr Verschwinden. Ich erwarte bald Gäste, das wissen Sie doch.«
»Ja, das könnte peinlich werden, wenn Ihre Gäste hier hereinplatzen würden. Was ist Ihnen denn die Sache wert?«
»Hundert Mark«, sagte der Hausherr. Der Weihnachtsmann lachte und ging ins Zimmer. »Holt mal eure Eltern«, sagte er zu Petra und Thomas. »Engel Gabriel will uns noch die Weihnachtsgeschichte erzählen.«
Die Kinder liefen auf die Diele. »Kommt«, schrien sie, »Engel Gabriel will uns was erzählen.« Herr Lemm sah seine Frau an. »Halt mir die Kinder etwas vom Leibe«, flüsterte er, »ich rufe jetzt die Polizei an!« »Tu es nicht«, bat sie, »denk doch daran, was in den Kindern vorgehen muß, wenn Polizisten...« »Das ist mir jetzt völlig egal«, unterbrach Herr Lemm. »Ich tu's.«
»Kommt doch«, riefen die Kinder. Herr Lemm hob den Hörer ab und wählte. Die Kinder kamen neugierig näher. »Hier Lemm«, flüsterte er. »Lemm, Berlin-Dahlem. Bitte schicken Sie ein Überfallkommando.« »Sprechen Sie lauter«, sagte der Polizeibeamte. »Ich kann nicht lauter sprechen, wegen der Kinder. Hier, bei mir zu Haus, sind drei Weihnachtsmänner und ein Engel, und die gehen nicht weg...«
Frau Lemm hatte versucht, die Kinder wegzuscheuchen, es war ihr nicht gelungen. Petra und Thomas standen neben ihrem Vater und schauten ihn an. Herr Lemm verstummte.
»Was ist mit den Weihnachtsmännern?« fragte der Beamte, doch Herr Lemm schwieg weiter.
»Fröhliche Weihnachten«, sagte der Beamte und hängte auf.
Da erst wurde Herrn Lemm klar, wie verzweifelt seine Lage war.
»Komm, Papi«, riefen die Kinder. »Engel Gabriel will anfangen.« Sie zogen ihn ins Weihnachtszimmer.
»Zweihundertfünfzig«, sagte er leise zum Weihnachtsmann, der auf der Couch saß.
»Pst«, antwortete der und zeigte auf den Engel, der »Es begab sich aber zu der Zeit« sagte und langsam fortfuhr. »Dreihundert.« Als der Engel begann, den Kindern zu erklären, was der

Satz »Und die war schwanger« bedeute, sagte Herr Lemm »Vierhundert«, und der Weihnachtsmann nickte.

»Jetzt müssen wir leider gehen, liebe Kinder«, sagte er. »Seid hübsch brav, widersprecht euren Lehrern, wo es geht, haltet die Augen offen und redet, ohne gefragt zu werden. Versprecht ihr mir das?«

Die Kinder versprachen es, und nacheinander verließen der Weihnachtsmann, Knecht Ruprecht, Sankt Nikolaus und der Engel Gabriel das Haus. »Ich fand es nicht richtig, daß du Geld genommen hast«, sagte Knecht Ruprecht auf der Straße.

»Das war nicht geplant.«

»Leute, die sich Weihnachtsmänner mieten, sollen auch dafür zahlen«, meinte Engel Gabriel.

»Aber nicht so viel.«

»Wieso nicht? Alles wird heutzutage teurer, auch das Bescheren.«

»Expropriation der Expropriateure«, sagte der Weihnachtsmann.

»Richtig«, sagte Sankt Nikolaus. »Wo steht geschrieben, daß der Weihnachtsmann immer nur etwas bringt? Manchmal holt er auch was.«

»In einer Gesellschaft, deren Losung ›Hastuwasbistuwas‹ heißt, kann auch der Weihnachtsmann nicht sauber bleiben«, sagte Engel Gabriel. »Es ist kalt«, sagte der Weihnachtsmann.

»Vielleicht sollten wir das Geld einem wohltätigen Zweck zur Verfügung stellen«, schlug Knecht Ruprecht vor.

»Erst einmal sollten wir eine Kneipe finden, die noch auf hat«, sagte der Weihnachtsmann. Sie fanden eine, nahmen ihre Bärte ab, setzten sich und spendierten eine Lokalrunde, bevor sie weiter beratschlagten.

P. stand auf und stellte sich mit dem Rücken gegen den Ofen. »Ich weiß nicht, ob es schon bekannt geworden ist«, begann er, »aber ich soll demnächst heiliggesprochen werden.«
»Scheinheilig«, sagte R., doch niemand lachte.
»Heilig«, sagte P. »Ich muß nur noch zwei Wunder vorweisen, dann ist meine Heiligsprechung so gut wie gesichert. 5000 Professoren und der Papst sind auf einem Kongreß in Wanne-Eickel zu dem Ergebnis gekommen, daß es nur eine Frage der Zeit sein kann, bis ich die allerhöchsten Weihen empfange.«
»Wieso zwei Wunder«, fragte Z., der gerade dabei war, eine Ei-Tempera zu mischen. Er stocherte in dem Trichter herum, da das Eigelb nicht in die Flasche rutschen wollte. »Wenn mich mein Gewährsmann Kurienkardinal Ottaviani richtig unterrichtet hat, sind zu so etwas drei Wunder notwendig.«
»Bei mir nicht«, sagte P. und setzte sich ans Klavier. »Mein drittes Wunder wäre die Heiligsprechung.«
»Freilich«, sagte Z.
»In der Tat!« schrie F. aus dem Nebenzimmer.
»Was mir noch fehlt«, sagte P., »sind einige Gebetserhörungen. Hat jemand meinen Namen angerufen, während er in Not war? Ihr solltet das tun. Jeder, der mich ehrlich und ohne Falsch anruft, erhält einen immerwährenden Ablaß, der allerdings auf drei Jahre begrenzt ist.« Er begann, das »Erwachen des Löwen« zu spielen, doch Z. unterbrach ihn.
»Ich habe einmal deinen Namen angerufen«, behauptete er. »Das war in einer kalten Winternacht am Nollendorfplatz, als ich nach einer Piese suchte. Und siehe! Ich fand eine.«
»Am Nollendorfplatz? Das ist kein Wunder«, schrie F. aus dem Nebenzimmer. Die Vorstellung erregte ihn so sehr, daß er von seiner Liege aufstand und durch die Tür schaute. »Am Nollendorfplatz eine Kneipe zu finden ist kein Wunder!«
»Richtig«, sagte Z. »Das ist Schicksal.«
»Zufall«, sagte R. und trat von der Staffelei zurück. »Es ist reiner Zufall. Wie groß ist so eine Kneipe? Vielleicht 200 Quadratmeter. Und wie groß ist die Erde? Nur das Land, Meere nicht

mit eingerechnet? Ich schätze drei Millionen Quadratkilometer.«
»Mehr«, sagte Z.
»Nun gut. Jedenfalls ist sie riesengroß, klitzeklein sind die Kneipen auf ihr. Wenn man eine findet, ist das in Anbetracht dieser Tatsachen reiner Zufall.«
»Zufall oder Fügung«, sagte Z. »Ich weigere mich, an den puren Zufall zu glauben.« Das Eigelb war in die Flasche geflossen, und Z. begann sie zu schütteln, langsam vermengten sich Leinölfirnis und Eigelb. »Wenn mein Erlebnis am Nollendorfplatz ein Zufall war, dann wäre es auch ein Zufall, daß von den Millionen Eiern dieser Welt eines den Weg in diese enge Flaschenöffnung gefunden hat.«
»Der Vergleich hinkt«, sagte F. »Er hinkt gewaltig. Daß du das Ei trotz deines Tatterichs in die Flasche bekommen hast, ist nun wirklich ein Wunder.«
»Ich war im Krieg verschüttet«, sagte Z. und schaute auf seine Hände, die tatsächlich etwas zitterten. »Damit spaßt man nicht.«
»Heilig, heilig«, warf R. hilfreich ein. »Ein weiteres Wunder. Die zweite Gebetserhörung innerhalb von zwei Wochen. P., ich würde dem Papst schreiben. Es ist soweit.«
Gerade wollte Z. einwenden, daß er P.s Namen in diesem Falle aber gar nicht angerufen habe, da klingelte es.
Im Treppenhaus stand J., der fragte, ob er störe, worauf ihm von allen Seiten versichert wurde, daß er natürlich störe, nichts jedoch über eine kleine Störung gehe – »Oder war es eine kleine Stärkung?« schrie F. –, und dann schwiegen alle für einen Moment.
»Es handelt sich um einen Job«, sagte J. schließlich und kam damit P. zuvor, der wieder zum Klavierspielen ansetzen wollte.
Sie wüßten doch sicher alle, daß er bei Frau Greims in Untermiete wohne, im ersten Stock, in der Motzstraße, im Erdgeschoß aber befinde sich eine Kneipe, und in der nun sei es nach Meinung seiner Wirtin derartig laut, daß sie sich beim Ordnungsamt beschwert habe. Das Amt habe daraufhin für heute abend den Besuch eines Beamten angekündigt, der mittels eines Phonmessers den Lärm im Schlafzimmer der Wirtin messen wolle – »Das

liegt nämlich über der Kneipe« –, und um in puncto Krach auch sicherzugehen, habe die Wirtin ihm zwanzig Mark gegeben, die er an lärmversierte Freunde weiterleiten solle, damit sie besagtem Lokal heute abend einen Besuch abstatteten.
»Ein teuflischer Plan«, sagte Z. und nickte anerkennend. »Wann soll es losgehen?«
Um neun etwa, erwiderte J., der Beamte werde gegen zehn Uhr erwartet, die Frage sei nur, ob die anwesenden Herren Zeit und Lust hätten.
»Ein altes Mütterlein mit seinen Sorgen allein zu lassen, das geht ganz einfach gegen meine Pfadfinderehre«, sagte F. und schaute beifallheischend um sich, worauf P. meinte, hier liege ja nun wirklich ein Fall von Anrufung in höchster Not vor, dem er sich als Fastheiliger ganz unmöglich entziehen könne. »Und überdies könnten wir gepflegt einen sicherstellen«, gab Z. zu bedenken, was R. zu dem Ausruf »Nun verstehe ich alles« veranlaßte, und schließlich kam man überein, schnell noch einen Happen einzuwerfen, um neun sei man dann in der Kneipe.
»Ich geh schon mal vor«, sagte J., »um oben in der Wohnung die Stellung zu halten. Wenn etwas ist, sag ich euch Bescheid.« Anderthalb Stunden später kamen sie nacheinander durch den Vorhang, der die Kneipe vor Zugluft schützte, und schauten sich um. Außer der Bedienung waren lediglich zwei Gäste im Lokal, die sich tuschelnd unterhielten. Z. deutete auf einen der Tische, die anderen nickten und setzten sich.
»Kalt draußen«, sagte P. Auch er sprach unwillkürlich gedämpft, versuchte seine Stimme anzuheben und endete wieder im Gemurmel. »Man möchte keinen Hund vor die Tür jagen. Oder möchte das jemand von euch?«
»Es soll mal in Flensburg einen gegeben haben, der bei einem solchen Wetter einen Hund vor die Tür gejagt hat«, sagte F.
»Wie bitte?« fragte Z., und F. wiederholte den Satz etwas lauter.
»Und?« fragte R.
»Es ist ihm schlecht bekommen. Er ist keine sieben Jahre später ausgerutscht und hat sich irgendwo sehr weh getan.«
»Trocken hier«, wisperte P.
»Fräulein, vier Bier«, sagte R. und mußte es noch einmal sagen,

bis das Fräulein die Zeitung, in der sie gelesen hatte, mit einem Knistern zusammenfaltete, das die beiden tuschelnden Gäste aufschrecken ließ. »Was soll's sein?« fragte sie und trat hinter die Theke.

»Vier Bier, wenn's recht ist.«

»O meine Staublunge«, sagte R. und fing an zu husten. Es war ein ganz trockenes, bellendes Husten, das alle in Erstaunen versetzte.

»Den ganzen Tag im Pütt, und dann wollen sie einem ein Bierchen in Ehren verwehren!«

Die Bedienung begann Bier einzuschenken. Sie füllte die Gläser halb voll und wartete, bis sich der Schaum gesetzt hatte. »Wer um Himmels willen?« fragte P., der auf der Toilette gewesen war und erst jetzt an dem Gespräch teilnehmen konnte.

»Wer? Die Interessenverbände. Abs und seine Leute. All jene, die daran interessiert sind, einem ehrlichen Kohlenschipper noch die letzte Freude zu nehmen.«

R. begann wieder zu husten, doch die Bedienung hatte mittlerweile die vier Biergläser vollgeschenkt, nun brachte sie sie und stellte sie auf die Bierdeckel. »Vielleicht sollten wir einen Rechtsanwalt kommen lassen«, sagte F. »In Oldenburg ist einmal der schreckliche Fall vorgekommen, daß Leute vor vollen Gläsern verdurstet sind.« »Das«, sagte Z., »das erinnert mich an einen ähnlichen Vorfall in Herne. Drei fröhliche junge Burschen mußten damals daran glauben. Einen halben Meter vor den gefüllten Gläsern fand man am nächsten Tag ihre gräßlich entstellten Leichen.« Z. machte ein Gesicht, das dem eines Verdursteten gleichen sollte. Es gelang ihm nicht.

»Trotzdem bin ich der Meinung, daß wir einen Rechtsanwalt kommen lassen sollten«, begann F. wieder.

»Weshalb?« fragte R. höflich.

»Zum Anstoßen«, sagte F. und war froh, daß er es endlich sagen durfte.

»Ich finde, das sollten wir unter uns ausmachen«, meinte Z., »wozu einen Fremden bemühen. Prost!«

Alle tranken, setzten die Gläser ab, sagten Ah! und wischten sich über den Mund.

»Also«, sagte Z. schließlich, »dann woll'n wir mal. Wir öffnen unsere Gesangbücher auf Seite 112 und singen ›The lion sleeps tonight‹. Und jetzt alle!«
Er begann, »In the jungle, the mighty jungle…« zu singen, doch noch bevor er die verlegen dasitzenden Freunde dazu ermuntern konnte, das »Awimaweawimawe« der Baßstimme zu intonieren, wurde er durch die beiden Gäste am Ecktisch abgelenkt, die der Bedienung bedeuteten, daß sie zahlen wollten.
»Ach Scheiße«, sagte R. »Jetzt gehen die auch noch! Warum mußtest du denn so schreien?«
»Wer in diesem Lokal keinen Krach vertragen kann, der soll ruhig rübergehen«, sagte Z. böse. »Leisetreter haben hier aber auch gar nichts verloren!« Er versuchte, wieder zu singen, doch da alle beiseite sahen, ließ er es schnell.
»Was ist denn das für ein Ticken?« fragte F. schließlich.
»Vielleicht eine Uhr?«
»Apropos Uhr – wie spät ist es denn?«
»Viertel vor zehn.«
»Dann ist ja noch etwas Zeit.«
Sie bestellten noch einmal vier Biere und vertrieben sich die Zeit damit, auf den Vorhang des Eingangs zu schauen und sich die unerhörten Krachmacher auszumalen, die gleich hereinkommen würden.
»Ich aber sage euch, es werden sieben mal hunderttausend Jünglinge eintreten, die Schuhe geschnürt mit Senkeln aus eitel Speckstein und gehüllt in Gewänder aus eitel Schnürsenkeln, und sie werden einen fürchterlichen Lärm machen, auf daß das Wort der Schrift erfüllet werde, das da sagt…« »Welcher Schrift denn?« unterbrach Z. P., der ohnehin nicht weiterwußte und daher eilfertig erklärte, daß das alles im fünften Buch Mosel stände; »Oder war es beim Apostel Paulaner?« fragte er lauernd, doch da öffnete sich der Vorhang tatsächlich, und J. trat schnell an den Tisch.
Seit zehn Minuten sei der Beamte schon da, was denn nun mit dem Lärm sei?
Z. deutete anklagend auf die anderen, F. zeigte entschuldigend auf das leere Lokal, und R. erklärte mit erhobener Stimme, sie

hätten erst ab zehn mit dem Beamten gerechnet und daher auch erst um zehn mit dem richtigen Krach beginnen wollen.
»Nicht so laut«, sagte J.
»Ich denke, wir sollen lärmen!«
»Natürlich. Aber das muß doch nicht jeder wissen!«
»Wieso denn jeder? Ist doch keiner hier!«
»Pschscht!« »Darf es noch etwas sein?« fragte die Bedienung, die an den Tisch getreten war.
»Noch mal dasselbe«, sagte F., so laut er konnte.
»Könntest du nicht mitlärmen?« fragte Z. J. hoffnungsvoll.
Nein, er müsse wieder rauf, sagt J., worauf Z. etwas von Ratten rief, die das sinkende Schiff verließen und sich daher auch nicht wundern dürften, wenn sie nicht mit ertränken.
Doch J. war schon wieder draußen, dafür betrat ein alter Mann das Lokal, in dem F. Opa Olaf, den gefürchtetsten Radaubruder von Kreuzberg zu erkennen glaubte; doch der Greis stellte lediglich eine Dreiliter-Bierkanne auf die Theke, und die Bedienung begann, sie vollzuschenken.
»Also!« sagte Z., hob sein Glas und sah alle scharf an.
»Unserem lieben Geburtstagskind ein dreifaches Hoch, Hoch...«
»Welchem Geburtstagskind denn?« fragte P. verstört.
»Komm! Mitmachen!« flüsterte Z. »Hoch...«
»Hoch!« schrien alle.
»Und noch einmal!« rief Z. »Dem edlen Geburtstagskind ein dreifaches...«
»Nein«, sagte R. »Bitte nicht. Singen wir doch lieber: Dem lieben Z. ein Trullalla...«
»Dann können wir ja gleich jodeln«, sagte P.
»Jodel doch!« erwiderte Z. böse. »Dann jodel wenigstens!«
»Aber doch nicht hier, mitten in Berlin!«
»Wo denn sonst? In den Alpen ist es einfach zu jodeln, da, wo niemand zuhört, weil alle jodeln. Erst hier in der Großstadt beweist es sich, ob du wirklich zum Jodeln berufen bist.«
»Na gut. Bin ich halt nicht berufen. Außerdem schickt es sich für einen angehenden Heiligen auch nicht, zu jodeln.«
Der heilige Franziskus sei aber seines Wissens nach einer der be-

gabtesten Jodler Umbriens gewesen, gab F. zu bedenken, das habe Giotto ja auch sehr schön dargestellt, das Wettjodeln des Heiligen mit den Vögeln.
»Du meinst das Wettvögeln mit den Jodlern«, sagte R., und P. wollte nicht nachstehen: »Ich denke, er hat mit einem Wolf um die Wette gejodelt?«
Nein, dem habe er einen Dorn aus der Pratze gezogen, korrigierte ihn F.
»Weil der so gejodelt hat«, sagte P.
»Vor Schmerzen«, sagte Z. »Und redet bloß nicht so laut, sonst platzt der Phonmesser des Beamten.«
»Wir reden wenigstens noch, ihr hängt bloß stumm rum.«
»Wer hängt hier dumm rum?« fragte R.
»Stumm, sagte ich.«
»Bin ja schon still.«
Die Kanne des alten Mannes war voll. Er zahlte und wandte sich zum Gehen. »Denn jratulier ick och schön«, sagte er, als er am Tisch vorbeikam.
»Dankeschön!«
Sie schauten ihm nach, am Vorhang hatte er einige Schwierigkeiten, doch dann war er weg.
»Wir könnten vielleicht Witze erzählen«, sagte P. nach einer Pause.
»Witze? Warum denn?«
»War ja bloß ein Vorschlag.«
Im Bierhahn gurgelte es etwas. R. zerbrach einige Streichhölzer. P. rückte mit seinem Stuhl.
Ihn grusele, sagte Z. schließlich, ob sie nicht so schnell wie möglich zahlen und in das Straßenbahnerlokal überwechseln sollten?
Sie ließen eine Notiz für J. zurück und gingen zu dem Lokal, das eigentlich »Eichbaumschänke« hieß.
Dort fand J. sie eine Stunde später zwischen kreischenden alten Frauen und lärmenden Straßenbahnern. Die Wirtin wolle ihr Geld zurück, sagte er, doch er wurde niedergeschrien.
Sie würden sich nicht als Handlanger ruheversessener Wirtinnen gegen das notleidende Kleinkneipentum ausnutzen lassen, rief F. aus, worauf Z. »Der Judaslohn ist längst versoffen« und P.

»Das kommt dazu« sagte. R., der etwas weiter entfernt stand, grüßte winkend und fuhr fort, dem Mädchen Karin von den Begebenheiten der letzten Stunden zu erzählen. Schon begannen sie sich zu einer Geschichte zu runden, in der es nur Sieger gab; bald würde er sie selber glauben.

HÖLDERLIN? HÖLDERLIN?
DER IST IN MEINEN AUGEN KEIN DICHTER!
SONDERN?
GOETHE!

*Der gemeine Gustav*
»Meanest man in whole Pinneberg«

DOCH, DOCH... WAR GANZ SCHÖN GEMEIN EHRLICH!
JA?
DANKE!

*Ohne Worte*

Traugott v. M
in:
Slawisches
Abenteuer
Broga?
Broga!

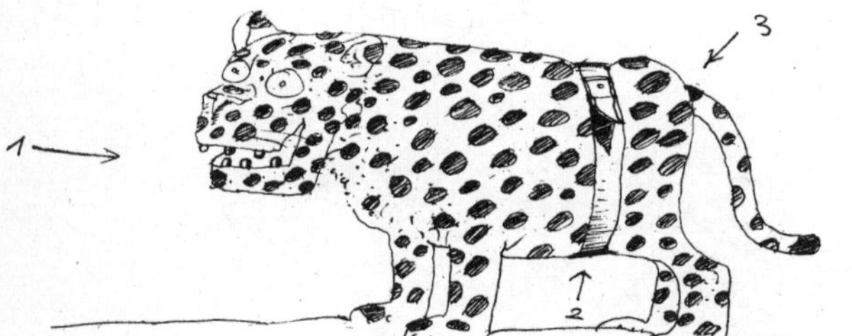


Worauf man beim Panterkauf achten muß

# *Ausklang*

## Wie Orbi den Urbi einmal furchtbar hereinlegte

*Während eines Spaziergangs entdeckten Urbi und Orbi einst in der Ferne ein merkwürdig geformtes Bauwerk, das sogleich ihr Interesse erregte…*

URBI: Guck mal dahinten! Ich freß 'nen Besen, wenn das nicht der Dom von Florenz ist!
ORBI: Das da? Niemals. Das ist der Kölner Dom!
URBI: Wetten?
ORBI: Wetten!
BEIDE: Ok. Gehen wir mal näher ran!

URBI: Na bitte! Der Dom von Florenz!
ORBI: Kommt mir aber verdammt vor wie der Kölner Dom!
URBI: Der doch nicht!
ORBI: Genau der!
BEIDE: Na gut! Gehen wir noch näher ran, dann wird sich der Fall schon klären!

URBI: Dom von Florenz!
ORBI: Dom von Köln!
BEIDE: Das wollen wir jetzt aber mal ganz genau wissen! Gehen wir mal ganz, ganz nah ran!

URBI: Möönsch... Sieht so aus, als ob du recht gehabt hättest... Das könnte der Kölner Dom sein... Nee, das isser... Wie konnte ich mich nur so irren?

ORBI: *(verschmitzt)*: Ja, wieso? Wissen Sie des Rätsels Lösung, lieber Leser?

*Kleine Hilfestellung: Vielleicht versuchen Sie es einmal mit Nachdenken?*

Komm' ran, Kleiner!
Hier bist du richtig!

## *Bibliographische Notiz, 1977*

Die in diesem Buch versammelten Bildergeschichten, Geschichten und Fotoromane entstanden zwischen 1962 und 1977. Zum Teil erschienen sie in mittlerweile vergriffenen Anthologien, zum Teil in Zeitschriften (konkret, pardon u. a.) und, natürlich, in der Beilage »Welt im Spiegel«. Außerdem enthält das Buch eine Reihe bisher unveröffentlichter Arbeiten.
Die Geschichten »Noch ein Bild und seine Geschichte« und »Der Ball Binder« sowie der Fotoroman »Der Biber von Eschnapur« entstanden in Zusammenarbeit mit F. W. Bernstein; am Märchen »Vom lieben Gott, der über die Erde wandelte« hat Peter Knorr mitgearbeitet.

Skizzenblatt 77